# 異界のSubはぼっちで甘えた

Mizumi Takaoka
高岡ミズミ

CHARADE BUNKO

Illustration

篁ふみ

CONTENTS

木枝を掻《か》き分《わ》け、闇雲に森の中を駆ける。心臓が悲鳴を上げ、呼吸がしづらいほどだが、音《ね》を上げるわけにはいかない。少しでも足を緩めれば終わりだ。

あれは、なんだ？

いったいどうなっている？

自分は……いつの間にこんなところに来た？

いや、いまは考えている場合ではない。はあはあと胸を喘《あえ》がせながら、張り出した枝葉に頬を切られるのも構わず前だけを見て全力で走った。

「……うわ」

木の根に足をとられて、つんのめる。その勢いのまま体勢を崩し、地面に両手をついてまたすぐに足を踏み出した、直後、間近で禍々《まがまが》しい気配を感じて硬直した。

恐る恐る肩越しに背後を確認する。

「……っ」

それを目にした途端、ごきゅっと喉が音を立てた。

恐怖心から、尻もちをついた格好で身動きできなくなる。逃げなければと頭では思うのに、尻でずり下がるのが精一杯だ。

逃げられるわけがない。反射神経にしても俊敏さにしても到底敵う相手ではなかった。悪夢のような状況にただ震え、毛むくじゃらのそれを茫然《ぼうぜん》と見上げるより他なかった。

見たことのない獣だ。

二メートルはゆうに超える大きさで、全身を黒い剛毛で覆われている。飛び出した鼻に頬まで裂けた口。爛々《らんらん》と輝く赤い眼には、獣の本能が表れていた。まさに、獲物に飛びかかろうとする捕食者の目だ。

自分が知るもっとも近い動物だと狼《おおかみ》だが、それとも大きく異なる。二足歩行というばかりではなく、明らかに狩りを愉《たの》しんでいる様子だ。

さらには――。

「逃ゲルノハモウ終ワリカ？　ダッタライマスグ真ッ二ツニサレルカ、イタブラレテカラ殺サレルカ、選バセテヤル。俺ハドッチデモイイゼ？」

どういうわけか言葉が通じるのだ。

日本語ではない。無論英語でも。なのになぜか獣の話す言語が理解できる……いや、そんな悠長なことを考えている場合ではなかった。いまにも鋭い爪を振るい、宣言どおり実行しそうなのだから。

「待……っ」

「待タネエ」

長い爪が襲ってくる。奇跡的に横に身体《からだ》を倒すと、ぶん、と頭上の空気が切り裂かれた。自分の代わりにすぐ傍《そば》の木の幹に大きな亀裂が入ったのを目の当たりにして、どっと冷や汗が噴き出した。

これほどの力で襲われたなら、頭蓋骨すら木《こ》っ端《ぱ》微塵《みじん》になるだろう。深く刻まれた裂け目を目撃して頭のなかは真っ白になり、今度こそ死を覚悟する。

「チョコマカ動クンジャネエ！」

獣が吼《ほ》えた。同時にまた襲いかかられ――ぎゅっと目を閉じて身を縮める以外できることはなかった。木の幹同様、無残にも切り裂かれる我が身を想像しながら。

きっと途轍《とてつ》もなく痛くて、大量の血を周囲に飛び散らせるはめになる。すぐには死ねず、苦しむかもしれない。

厭《いや》だ……！

なんで俺がこんな目に遭わなきゃならないんだ！

心中で叫んだとき、あれ？　と首を傾《かし》げる。

目を閉じてから少なくとも十秒はたっている。すでに真っ二つにされていてもいいはずだ。

そっと片目を開けてみた。

「え」

驚いたことに視界に入ってきたのは恐ろしい獣ではなく、人間の後ろ姿だった。白いラインの入った四角い襟、丈の短いプリーツスカート、そして、すらりと伸びた健康的な脚には真っ白なルーズソックス。

「セーラー服……女子、高生……」

しかも刀を背負っている。

もしかしてこれは全部夢なのか。

どことも知れない森の中で凶悪な獣に対峙《たいじ》する女子高生など、物語にしても使い古されているネタだ。なにより突然獣や女子高生が現れる状況自体、現実味がない。

「……夢じゃなきゃ、おかしい」

ぼそりと呟《つぶや》いた一言を打ち消すかのようなタイミングで、女子高生が抜刀した。こういう状況にもかかわらず、凜《りん》とした姿には見惚《みと》れてしまう。

「いますぐ去れ。でなければ、後悔するはめになるぞ」

刀を構えた彼女は、獣相手にいっさい怯《ひる》まず凄《すご》んだ。それだけ腕に覚えがあるのだとしても、やはり無謀だ。小柄な女子高生が敵う相手ではない。

「やめ、たほうがいいっ」

情けないことに尻もちをついた格好のまま、女子高生を止める。かといって、どうやっ

たらこの絶体絶命のピンチを切り抜けられるか見当がついているわけでもなかった。

「後悔ダッテ?」

面白いとばかりに、獣が呵々大笑《かかたいしよう》する。

当然だ。獣からすれば、獲物が一匹から二匹に増えたに過ぎないのだから。

「オマエガ俺ニ勝テルトデモ?」

獣の言うとおりだ。仮に女子高生が剣の達人であったとしても、体格、力の差は明白で戦う前から勝敗は目に見えていた。

「……逃げよう」

一度深呼吸をしてから、セーラー服の背中に声をかける。逃げ切れる可能性は低いとはいえ、なにもせずにおとなしくやられるよりはマシだ。そういう意味だったが、なにを考えているのか、彼女はいっこうに退く気配はない。

次の瞬間だ。咆哮《ほうこう》した獣が襲いかかってきた。

「駄目だっ」

両手を伸ばしたものの、なにもできずに目の前の出来事をただ傍観するしかなかった。まさに獣の爪がやわらかな肉を引き裂こうとしたとき、ふわりと、まるで羽でも生えているかのように女子高生が宙を舞った。一回転すると、獣の肩を蹴って背後に回り込み、手にしていた刀を大きく振り下ろす。

剣舞と見紛《みまが》う軽やかさには、状況を忘れて釘づけになった。優雅、などとおよそこの場にふさわしくない感想すら抱く。

「……ぅわ」

だが、それも一瞬のことだ。周囲に飛び散った血飛沫《しぶき》に、ぎょっとする。

驚いたのは自分だけではない。むしろ獣こそがもっとも驚いているだろう。自身が斬られるなど、万にひとつも予想していなかったはずだ。

「ゥアアアアァッ！」

ぞっとするほどおぞましい悲鳴とともに、獣の身体からさらに夥《おびただ》しい血が噴き出す。

刀を構え直し、二刀目を放とうとする女子高生を前に獣ができることはひとつ、一刻も早く逃げ出す、それだけだった。

四足になった獣が森の奥へ逃げていく様を漫然と見送ったあと、あらためて女子高生を見つめる。

短めの髪、長い手足で仁王立ちする姿はあまりに凜々《りり》しい。顔に浴びた獣人の血を無造作に手で拭う仕種は堂に入っていて、見惚れるほどだ。

「……あ、ありがとう。助かった」

少女に助けられたという事実は情けないものの、致し方ない。とりあえず礼を言ったあと、命の恩人の名前を問う。

「きみは……？」

驚くほど強い彼女はいったい何者なのか。

自分は刀の切っ先から滴る獣の血を目にするだけで卒倒しそうだというのに、褐色の肌と力強いまなざしが印象的な彼女は、女子高生の身でありながら息ひとつ乱さず終始落ち着いているのだ。

「ゼン」

見た目とはイメージがそぐわない名前を口にした彼女に、

「俺は――」

こちらも名乗ろうとしたが、そうする必要はなかった。

「知ってる」

「え」

「如月悠生《きさらぎゆうせい》」

「………」

「ゆっくん」

フルネームを知られている事実以上に、「ゆっくん」と呼ばれたことのほうに衝撃を受ける。

「なんで、その呼び方」

問うても答えは返らない。動揺しているのはこちらばかりで、ゼンと名乗った彼女は平然として見える。

無論、初対面だ。記憶力は悪くないほうだし、もし過去に会っていれば必ず憶えていると断言できる。帯刀した女子高生というのを抜きにしても、ゼンは印象的だ。

百六十半ばだろう華奢《きやしや》な体軀《たいく》で、見るからに俊敏そうだ。それは顔立ちにも表れていて、眦《まなじり》の上がった目に、つんとした形のいい鼻、引き結ばれた唇にも意志の強さが見てとれる。

耳朶《みみたぶ》が覗《のぞ》くほど短く刈られた黒髪を搔き上げる姿は頼もしくさえあり、そんなゼンを忘れるなど万にひとつもあり得ない。

だとすれば、なぜゼンが自分の名前を知っているのか――。

「ついてきて」

背中の鞘《さや》に刀をおさめ、くいと顎をしゃくったゼンに対し、迷ったのは一瞬だった。いつまでもここに留まって、また新たな獣がやってきたらと思うと選択の余地はなかった。

どうやらこれは夢でも幻でもないらしい。

どうしてこうなったのか。

夕闇が迫りつつある空を見上げた悠生は、ゼンの背中を追いかける傍らこれまでの経緯を順序立てて頭のなかで並べていった。

つい先刻まで、間違いなく自分がいたはずの場所を思い描きながら。

始まりは、地図にものっていない、谷底にある廃村だった。


わざわざ電車を乗り継いで、廃村を訪れたのには理由があった。半月前にサークルの飲み会に参加した際、ふと子どもの頃の記憶がよみがえったのだ。

――夏休みに帰らないって？　親からうるさく言われねえ？

顔見知りの同級生のその一言に、

――言われないな。

苦笑とともにそう返したのがきっかけだ。普段は極力考えないようにしているのに、酒のせいか親への嫌悪感が膨れ上がり、むかむかしてきた。もともと夫婦仲は冷え切っていて、長年家庭内別居状態が続いていた。

子どもの頃は、ふたりがいがみ合う様子を幾度となく目にしたし、夫婦喧嘩《げんか》は日常茶飯事で、そういうときは別の部屋に行き、ひたすら静かになるのを待った。

数年前に離婚したので、どうでもいい話だが。

――悠生って、確か兄弟いないよな。一人っ子で放任してもらえるって、羨ましい。

これには、

——信頼されてるんだよ。

内心の苛立《いらだ》ちは微塵も出さず、作り笑顔で答える。その傍ら、すでにあやふやになってしまった兄の顔が頭に浮かんだ。

——ゆっくん。

もとよりどんな声だったのかももう思い出せない。それも当然で、忘れるよう努力してきた結果だ。

久しぶりに兄を思い出したのは、「一人っ子」「羨ましい」という言い方に引っかかったせいだ。いや、「放任主義」のほうか。

そんなんじゃねえよ、と心中で吐き捨てつつも、あの日、兄と交わした会話が脳裏をよぎった。

——あれをごらん。あれは、いわゆる端境《はざかい》だ。近づいたら神隠しに遭うよ。逢魔《おうま》が時《とき》には気をつけて。

どうして真っ先に思い出したのがこの言葉だったのか。ばかばかしいと嗤笑《ししょう》したが、その夜以降、一度は蓋をしたはずのいろいろな出来事がひとつひとつ呼び戻され、ほんの気まぐれでそれらをスマートフォンに記録していった。

如月遥大《はるひろ》。十二歳ちがいの兄。

当時医大生だった兄は帰省のたびに、歳の離れた弟に他愛のない雑学を披露してくれた。端境以外にも、昔話や古文書、偽書と呼ばれる書物の話から天体に関することまで。ジョークを混じえつつ語られる話が好きで、兄が長期の休みに帰ってくるのを愉しみにしていた。その頃はまだ両親の仲もマシだった。

あるとき、ひとりで出かけようとしていた兄に無理を言って同行した。確か小学四年生の冬休みだ。行き先が廃村と知ってがっくりした自分とはちがい、兄はやたら愉しそうだった。

そして、翌年の春、その兄が失踪した。ふらりと一人旅に出ることがあったため、当初はまたどこかをうろついているのだろうと両親も軽く考えていたが、一カ月を過ぎたあたりでやっとおかしいと疑念を抱き始めた。

両親が警察に失踪届を出したのは、さらに半月過ぎてからだ。けれど、もともと放浪癖のある成人男性というので、春休みを利用して長旅でもしているのだろうと片づけられた。ようやく届が受理されてからも、事件性がないと判断され、積極的な捜査はされずじまいだった。

両親の不仲は、兄の失踪から始まった。

そこまで思い出した悠生は、兄と出かけた廃村の特定に取りかかった。どうしてなのか理由は判然としないまま地図アプリを駆使し、おぼつかない記憶を頼りにそれらしき単語を検索していった。

「谷底の廃村」「道祖神」「磐座《いわくら》」「一本松」等々。

図書館にも通い詰め、いったいなにをやっているのかと周囲が訝《いぶか》るほど熱中した。

電車を乗り換えたのは、確か二度か三度。宿泊した憶えはないため、自ずと距離は推測できた。本来、実家からそう遠くない距離にある廃村となればすぐに判明しそうなものなのに、結局一カ所に絞るのに一週間もかかった。それも当然で、村の成り立ちも不明なら、いつ廃村になったのかも定かではなかった。

叉路《さろ》村。

迷ったものの、最後に兄と訪れたその場所へ行ってみようと決めたのは、自分のなかで区切りをつけたかったのかもしれない。

慕っていた兄が、ある日突然いなくなった。それによって家庭も壊れた。おそらく当時の自分は裏切られたような気分になり、初めから兄は存在しなかったと自己暗示をかけようとしたのだろう。

もはや忘れてしまったが。なにしろ兄がいなくなってからの年月のほうが長くなってしまったのだ。

それでも、実際に行動に移すのに時間がかかり、春休みに入ってからはいつも以上にアルバイトに明け暮れた。迷っていてもしようがないとやっと重い腰を上げたのは、三月の半ばを過ぎた頃だ。

日帰りの予定を立て、ボディバッグひとつで始発電車に乗った。

しかし、己の甘さを思い知らされた。

電車を乗り継ぎ、到着した駅でバスに乗ったところまでは順調だったが、その次に乗るはずだったバスの運行時刻に変更があり、小さなバスターミナルで一時間以上待つはめになった。ただでさえ本数が少なく、その後スムースにいくとは到底思えず、早くも計画倒れで一泊を余儀なくされた。

とはいえ、ここまで来て引き返すという選択肢はなく、躊躇しつつも前へ進むしかなかった。

翌朝乗車したバスは、しばらくうねうねとカーブした山道を登っていった。両脇に並ぶ灰色の針葉樹は狭い山道を挟む形で迫っていて、見ているだけで閉塞感を覚え、どこか心許ない心境に駆られた。

車窓から見上げた空にはいつの間にか雲が張り出していて、自分以外たった三人――老夫婦と中年男性だ――しかいない車内まで重苦しい雰囲気が漂っているような感じがした。

そのうち、バスが下っていることに気づく。ひとつ山を越えたのか。そう思ってしばらくすると目的のバス停がアナウンスされ、降車ボタンを押した。

バスを降りたあと、ポケットからスマホを取り出し、地図アプリで位置情報をチェックする。とりあえず正しい方向へ進んでいると確認できたが、あまりの辺鄙《へんぴ》さに戸惑うほどだった。

「……こんなところだったたっけ」

あのときは兄がいたおかげか、心細さはまったくなかった。つまらなかったのは最初だけで、途中からはむしろ冒険に出かけるような昂揚《こうよう》感に満ち、はしゃいでいたような記憶がある。

それだけ兄を慕っていたのだろう。だからこそ、突然の失踪は受け入れがたかった。

「ここからは、徒歩か」

バスの去ったほうへ一度目をやってから、数メートル引き返す。地図アプリに示されているとおり細い横道があり、そこから緩やかな坂道を下っていった。

普段舗装されていない道を歩くことがないため、覚悟していたよりも凹凸や砂埃《すなぼこり》が気になり、なかなか距離が稼げない。しかも長いことひとの行き来がなかったらしく、進めば進むほど足元は悪くなり、はびこった雑草のせいでたびたび足止めを食らう。

こうなるとわかっていれば剪定《せんてい》バサミでも持参したのに、と愚痴を言いつつ雑草を掻き分けながら先を急いだ。

「……これは」

突如、トンネルが現れる。こんなトンネルを通った憶えはなかったものの、地図アプリはこの先を示していた。

なによりここで立ち止まってしまうと、次歩きだす気力が削がれる気がしたので休まずトンネル内へと足を踏み入れた。

昼間にもかかわらず暗く、じめじめとしている。トンネルの長さは百メートルほどだろうか、出口がすぐそこに見えることがありがたかった。

そろそろ到着してもいいはず。

薄気味悪さを覚え、自然と足早になる。そして——ようやくトンネルを抜けた先こそがまさに目指していた廃村だった。

村の入り口に鎮座する、猿にも獅子《しし》にも見える一メートル半ほどの大きさの道祖神には、微《かす》かに見憶えがある。苔《こけ》が生えているが、刻まれた村名もうっすら確認できた。

昔兄に連れてきてもらったのは、やはりこの叉路村らしい。

バス停の名前にも「谷」とついていただけあって、四方を山に囲まれた廃村には当然のことながら人けはまったくなく、どこか別の世界にでも来たみたいだ、などと非現実的なことまで考えるようなあり様だった。

雑草の絡んだ電柱や崩れかけた家屋を目にしつつ、村へ入る。市街から離れているため、耳に届くのは風の音と、ネズミでも走り回っているのだろうか、かさかさとした乾いた音くらいだ。

干上がった細い川にかけられた粗末な橋を恐る恐る渡ると、そこには立派な一本松。いまやその松だけがときを刻んでいるようだ。

廃れた村でひとり、はあ、と悠生はため息をこぼした。

自分がなにを目的にここまで来たのか、わからなくなったのだ。以前兄と一緒に訪れたというだけの場所に、なぜいまさら来てしまったのか。

なにを望んでいたのか。

「帰ろう」

どっと疲労感が押し寄せ、重くなった足を動かし回れ右をする。直後、

「わ」

なにかに躓《つまず》き、体勢を立て直す間もなく傾斜した地面を滑り落ちた。

「……くそっ」

したたかに打った背中をさすりながら起き上がろうとした悠生だったが、目の隅に岩を捉えて動きを止める。

橋の欄干の傍に鎮座しているその岩は——磐座だ。

鋭い頂に、ごつごつとした岩肌。薄汚れたしめ縄が、かろうじて引っかかっている。日本人の信仰の原点とも言える岩石崇拝が、この村では引き継がれているのだろうか。

身を起こして磐座に歩み寄り、正面に立つ。

大人になったいま目にしても、特に感慨はない。自分にとっては、ただの岩だ。地面に垂れ下がったしめ縄の切れ端を拾い上げ、縄に絡める。今度こそ帰ろうと踵《きびす》を返した悠生は、違和感を覚えて視線を頭上へ向けた。

「………」

空がやけに赤い。そして、一面赤く染まった空に、どこから集まってきたのか何十羽という黒い鴉《からす》が、まるで塵《ちり》のごとく浮かんでいる。

ほぼ無音だった場所に、カアカアとうるさいほどの啼《な》き声が響き渡った。

「なんだよ……これ」

咄嗟《とっさ》にスマホで時刻を確認する。先刻見たときには十四時だったはずなのに、画面には十七時と表示されていた。

「どうなってるんだ」

いったいなにが起こったのか。わけがわからず混乱するなか、唐突に兄の言葉が頭を掠《かす》めた。

——悠生。あれをごらん。あれは、いわゆる端境だ。近づいたら神隠しに遭うよ。逢魔が時には気をつけて。

あのとき兄が指さしたのは確か——。

鬱蒼《うっそう》とした森の中でもゼンは自在に進んでいくが、枝を肩にぶつけ、頬を切って悠生は懸命についていく。

そうしながらも、自分の身に起こった出来事を整理していった。

あのとき、兄の言葉が頭に響いて以降は、なにが起こったのかまったく思い出せない。

気がついたときには憶えのない森の中にいて、未知の獣に襲われていた。

可能性としては、磐座の前で誰かに襲われ、意識を失っている間に森へ放り込まれたというのがもっとも高いだろう。とはいえ、あの獣についてはやはり納得のいく説明はできない。

鋭い爪に牙。全身毛むくじゃらの身体。摑《つか》まれれば頭蓋骨も潰されるのではと思うほどの力。人間が獣を装っていたとは考えにくい。

そしてそれはゼンもしかり、だ。

少女の身でありながらなぜ帯刀しているのか、はさておいても、恐ろしい獣を前に一歩も引かず、見事な一刀によって追い払った。

「あれは……なんだったんだ？」

前を行く背中に問う。

強いていえば狼のようだったが、二足歩行だったうえに人語を解した。

「獣人」

「……え？」

「だから獣人」

「じゅ……」

いま獣人と言ったか？

いや、聞き間違いに決まっている。思わず乾いた笑いを漏らすと、それが悪かったのか、以降は声をかけてもゼンは返事をしてくれなくなった。

「どこへ行くつもりだ？」

機嫌を損ねてしまったのだとしても、こればかりはしようがない。「獣人」なんて言われて、そうですかと納得する者がいるなら会ってみたいくらいだ。

「ちょっと、待ってくれないか」

ゼンは無言のままひらひらとプリーツスカートの裾をひるがえして、軽い足取りで進んでいく。足元の悪さをものともせず、まるで飛んでいるかのようだ。

再度どこへ行くのか問おうとしたとき、ゼンの歩く速度が緩む。どうやら森を抜けたようだ。

ほっとして密集した枝葉を避けて前を行く背中を追いかけた悠生は、眼前の光景に目を瞠《みは》った。

最初に視界に入ったのは柵だ。高さ三メートルはあるだろうか、積み上げた石の上に木で組まれた柵が延々と続いている。木の先端は尖《とが》っていて、一部金属が使われて箇所もあった。

物々しい柵の向こうに見える広大な田園風景が牧歌的なだけに、違和感が著しい。収穫間近の野菜や果物が実る畑、それを越えると緑豊かな丘があり、何十頭もの白い羊がのんびりと草を食《は》んでいるのだ。

人一人通れるほどの鉄製扉を解錠し、向こう側へと入っていったゼンに戸惑いつつ悠生も続く。

「柵は、さっきの奴への対策で?」

もしそうなら、あの手の獣は複数いるのかもしれない。

「そうだけど、たぶん奴らが本気になったら役に立たない」

平然と「奴ら」と口にしたゼンにぞっとする。それ以上に「役に立たない」という一言に恐怖せずにはいられなかった。

「何体くらいいるのか、把握してるのか?」

ゼンが首を横に振ったせいでなおさらだ。

「じゃあ……」

これまでどれくらいの被害に遭ったのかを問おうとしたとき、前方から男が歩み寄ってきたので口を閉じた。

「ゼン」

襟元にオレンジのスカーフを巻き、カーキの服を着た男はいっさいこちらを見ず、渋い顔でゼンを非難しだす。

「持ち場を離れて、どこへ行っていたんだ。まさか、ひとりで森に入ったんじゃないだろうな」

ここで初めて目が合ったが、よそ者に対する不信感を隠す気は微塵もないようだった。

「そいつは誰だ？　見ない顔だ」

敵意すら滲《にじ》ませる男に、ゼンは一言も返さずまた歩き始める。悠生にしても迷ったのは一瞬で、初対面で「そいつ」呼ばわりしてくる男よりもゼンについていくほうを選び、無言でその場を離れた。

「感じ悪いな」

やはり一言くらいなにか言ってやればよかったと小さく舌打ちをしたところ、

「相手にしないのが一番だって」

誰かからの助言なのか、他人事でもあるかのようにゼンがそう言う。消極的対処法ではあるが、もっともだ。あの手合いは相手にすればするほど助長していく。

「まあ、そうだけど」

渋々ながら同意し、隣へ視線をやってすぐ、ゼンの横顔が目の前から消える。いや、消えたわけではなく、漫画みたいにごろんと地面に転がった。

「え、どうした？」

そう聞いたことに悪意はまったくなかったものの、ゼンは気まずそうに唇を尖らせた。

「躓いた、だけ」

舗装されていない砂道の周辺には小石ひとつなく、なだらかだ。

「躓いたって、どこに？」

ゼンの唇はいっそう尖った。

「ゼンは、『ドジっ子』じゃない」

これも誰かに言われたことがあるのか。笑うつもりはなかったのに、「ドジっ子」の一言に我慢できず吹き出す。と、見る間に赤面したゼンが、ふいとそっぽを向いた。

「性衝動を抑えてて満足できてないから、ときどきぼんやりするんだって」

「せ……」

いきなりなにを言いだすのかと思えば――「ドジっ子」はさておき、ズレているのは確かだ。つい先刻、あの恐ろしい獣を一蹴した人間とは思えない。

「悪かった」

とりあえず謝罪し、手を差し出す。

「さっきはすごいところを見たばかりだから、盛大な転び方に親近感が湧いた」

これに関しては事実だ。特異な状況下で気が張り詰めていたが、おかげで肩の力が抜けた。ふたつの意味で助けられたと言えるだろう。

「……親近感、湧いた？」

ふと、ゼンが長い睫毛《まつげ》を伏せた。

「ゼンのこと、好きなのか」

「え」

だが、まさかこんな質問が返ってくるとは。面食らい、座ったままのゼンを見下ろす。

ゼンの顔は赤いままだ。そこには恥じらいも見てとれる。こうまでストレートに、しかも恥ずかしそうに聞かれると、こちらまで照れくさくなってきた。

「好きか？」

好きもなにも——心中でこぼしつつ、当たり障りのない返答をする。上辺を取り繕うのは得意だ。

「まあ、可愛《かわい》いとは思ったかもな」

「……可愛い」

その部分を鸚鵡返《おうむがえ》しにしたゼンが、おずおずと手を差し出してくる。その手を握ってぐいと引き起こし、捲《まく》れ上がったスカートをそれとなく直してやってから、怪我《けが》は？　と確認した。

「ない」

「ならよかった」

「………」

ふたたび並んで歩きだす。明らかにゼンの様子が変わった、と感じるのは思い過ごしだろうか。

なんらかの期待をさせてしまったのだとすれば、可愛いと答えたのは間違いだった。深い意味はないと訂正する必要がある。普段なら適当にあしらえばすむ些細《ささい》なことでも、右も左もわからない現状では厄介事を増やすはめにもなりかねない。

「ゼン、さっきのは――」

「そこ」

ゼンが前方の建物を指さした。

到着したのは、窓のない、レンガ造りの倉庫らしき建物だった。木製のガレージドアを、身を屈《かが》めてくぐったゼンを追い、中に入る。資材置き場なのか、そこここに木材が積み上げられていた。

「ここで待ってて」

その一言でゼンが奥へと消える。

シンと静まり返った薄暗い場所にひとり残された途端、疑心暗鬼になった。助けられたといっても、よく知りもしない人間におとなしく従うなど通常であればあり得ない。そもそもあり得ないことだらけだ。現状が判然としないいま、命の恩人であるゼンを信じる以外他に選択肢はないし、名前のことも気になっている。初対面であるはずのゼンがなぜ自分を「ゆっくん」と呼んだのか。

ここはどこで、なぜ自分は迷い込んだのか。

あの獣は？

歯を剝《む》いて襲いかかってきた獣を思い出すと同時に全身に鳥肌が立ち、ぶるりと震えた。

考え事をしていたせいで、他者の気配に気づくのが遅れてしまった。

「おまえ、何者だ？」

「なんでここにいる」

外から戻ってきたらしき男にぞんざいな態度で詰め寄られ、はっとして振り返る。しかし男はもひとりではなかった。

後ろからぞろぞろと四人。いかにも気の荒そうな男たちに囲まれ、相手の敵意を感じとった悠生は即座に笑顔を作った。

「勝手に入ってしまってすまない。じつは、ゼンという子に連れてきてもらったんだが

──外で待っていたほうがよかったか」

端《はな》から喧嘩腰の五人を相手にしたところで、こちらには一分の利もない。外で待とうと足を踏み出したが、ひとりの男に肩を摑まれる。

反射的に振り払ったのは、やはり先方の態度が癇《かん》に障《さわ》っていたからだろう。

「あ、悪い。いきなり手を出されたから」

肩を摑んできた男に向き合う。

「は？　他人のテリトリーに入ってきておいて、その態度はなんだよ」

相手はいっそう好戦的になる。自分にしても、進んで争うつもりはなくともそっちがその気ならしようがないと思うほどには苛立っていた。

こういうタイプはどこにでもいる。下手《へた》に丸くおさめようとすれば、かえって調子にのるのだ。

「だから外へ出るって言ってるだろ」

なんの文句があるんだと、ため息をこぼしたのが火に油を注ぐはめになった。当人はもちろんのこと、他の四人も殺気を滾《たぎ》らせて迫ってきた。

「顔が近えよ」

こうなった以上、多勢に無勢であろうと退くわけにはいかなくなる。肩に手をのせてきた男だけでも潰してやると腹をくくった、直後だ。パン、と手を叩《たた》く音が庫内に響き渡る。

はっとして音のしたほうへ目をやると、奥から現れたのはゼンと、白衣を身につけた男だった。

「警戒心は大切だけど、彼、僕のお客さんだから」

他の五人とは違い、柔和な印象だ。白衣と眼鏡《めがね》、長めの髪ということもあって、学者か医者のように見える。

臨戦態勢の奴らが素直に聞き入れるとは思えなかったが、驚いたことにみながみな決まりの悪そうな表情で態度を一変させた。

「あんたもさ、先生のお客さんなら先に言ってくれよ」

悪かったと謝罪までされて、悠生も頭を下げる。売られた喧嘩だからと言って、見知らぬ人間に対して向かっていったのは、こちらも大人げなかった。

なんにしても、白衣の男がみなの信頼を得ているというのは間違いなさそうだ。隣に立つゼンが彼を見る目には、どことなく親しみ以上の甘えさえ感じられる。

「助かりました」

礼を言ったところ、彼が目を細めた。

「神隠しには気をつけるよう言ったのに」

まなざし、声音にどこか懐かしさを覚え、怪訝《けげん》に思って彼の顔を見つめる。やや明るい髪、眼鏡の向こうの少し眦の下がった目、口角の上がった唇。そして、額にうっすらとある傷跡は――昔バイクで転んだときのものだ。

「嘘《うそ》、だろ？」

俄《にわか》には信じられず、目の前の男を凝視した悠生は茫然と立ち尽くす。まさか。あり得ない。頭のなかで打ち消そうと躍起になっている間にも、すぐ傍まで歩み寄ってきた彼は真正面に立ったかと思うと、頭に手をのせてきた。

「久しぶり、ゆっくん。大きくなって。お兄ちゃんだよ」

「……そっ」

そんなわけあるか、と撥《は》ねつけてやりたかった。冗談にしても笑えない。

だが、記憶の蓋が一気に開き、子どもの頃のことが脳内にあふれる。

両親、友だち、みなが「ゆうくん」と呼ぶなか、兄の遥大だけはいつも「ゆっくん」だった。特別な感じがしてその呼び方が好きだったし、実際に可愛がってもらっていた。

だからこそ、ある日突然兄が消えてしまった事実を受け入れられず、忘れる努力をすることで自分を納得させてきた。

「……あり得ない」

否定しようにも、自分の知る過去の兄と目の前の男がぴたりと重なる。これはいったいどういうことなのか、混乱するあまり、そうと気づかないうちに後退《あとずさ》りしていた。

視線を外すと、今度はゼンと目が合う。びくりと肩を跳ねさせたゼンは、先刻のことで機嫌を損ねているのかまた唇を尖らせ、ふいと横を向く。かと思えば落ち着かない様子で、セーラー服のリボンを指で弄《いじ》り始めた。

「立ち話もなんだし、ひとまず部屋へ」

遥大ひとり終始笑顔で、嬉《うれ》しそうだ。

突っぱねてやりたかったが、自分だけが動揺しているのが癪《しゃく》で、招かれるまま遥大のあとについていった。

聞きたいことは山ほどあったし、まだ現状を受け止められているわけではなかったものの、それをストレートにぶつけるほどもう子どもではないつもりだ。なにより、あり得ないことの連続で混乱している頭を冷やす必要があった。

それとなく周囲を見回す。倉庫内は思っていたよりずっと広く、資材置き場の奥には二階建ての建物があった。一階は事務所なのだろう、窓越しに男たちが煙草やマグカップを手に談笑している姿が見える。さらにその奥もあるようで、かなり大きな建物であるのは間違いなさそうだ。

外階段を使って上がった二階は、応接室だった。テーブルにソファ、棚、観葉植物とごく一般的な内装の室内へ遥大、ゼンに続いて入る。と、突然振り返った遥大に抱きつかれ、面食らった悠生は反射的に肩を押し返した。

思いのほか力が強かったのか、兄がよろめく。

「……びっくりするだろ」

咄嗟に発しかけた謝罪の言葉を、ぐっと呑《の》み込んだ。しょうがねえだろ、と心中で言い訳をしながら。

十年あまり消息知れずだったのに、いきなり兄だと言われてすぐに受け入れるのは難しい。どうして突然いなくなったのか、責めたい気持ちもある。

「ごめん。そうだね。もうゆっくんは小学生じゃないもんな」

反して遥大はにこやかな笑顔でソファを示した。

「そこ、座って。いろいろ聞かせてくれないか」

躊躇《ためら》いながらソファに腰を下ろすと、向かいではなく隣に座ってきた遥大が一度眼鏡を拭いてかけ直してから、ぐいと顔を近づけてきた。

「……なんだよ」

「その奥二重の目、一文字の口。確かにゆっくんなのに、ちがうひとみたいだ。背はすっかり追い越されたな。百八十くらいある？　いまいくつ？　大学生？」

「二十一。大学三年だけど」

「そうか。もう十年たったのか。ゆっくんは僕に似て賢い子だったもんな。元気そうで安心した」

のんきな口調にむっとする。なにが安心した、だ。

これまで溜《た》めてきた鬱憤を一気に吐き出してやりたい。にもかかわらず、すっかり遥大のペースになっているのも腹立たしい。先に質問させろと言おうとした悠生だったが、ゼンの異変に気づき、そちらへ目を向けた。

「彼女、大丈夫？　苦しそうだけど」

は、は、とゼンは短い呼吸をくり返している。額には汗が滲んでいた。

「さっき獣と戦ったときに怪我をしたんじゃ……」

なにもないところで躓いたのもそのせいか。

ソファから腰を上げ、ゼンに近づこうとしたとき、

「ゼンは彼女じゃなくて、彼だよ——それはそうと、ゼン、もしかして？」

本人ではなく遥大が割って入る。

「ゼン、薬は飲んだ？」

遥大の問いに、ゼンが切れ切れに答える。

「……今朝、飲んだ」

「え、じゃあ」

「……たぶ、ん」

そのやりとりの間、ゼンは立っているのもつらそうに身体を震わせる。薬と言うからには持病でもあるのだろうが、悠生が引っかかったのは、その前の一言のほうだった。

少なからず衝撃を受けたのに、いともあっさり肯定される。

「ゼンなら、そう。男の子だよ」

「……いや、でも」

「セーラー服？　似合うだろ？」

ジェンダーレスの世に、セーラー服だとかスカートだとかの指摘がナンセンスだとわかっている。しかも、いまは特殊な状況で、この場に自分がいること自体が特異なのだ。よく見れば脚には筋肉がついているし、襟元から覗いている鎖骨も「彼女」というには骨っぽい。男と言われれば、男にしか見えなくなる。

「ゼンは――」

さらに質問を重ねようとしたが、当のゼンの様子が悪化する一方でそれどころではなくなった。

呼吸が荒いだけではなく、発熱しているのか頬は紅潮し、心なしか目も潤んで散漫とした様子だ。

半面、遥大の目には期待、もしくは喜びが浮かんでいた。

「そっか。抑制剤も効かないってことは、決まりだね」

「彼？」

「………」

抑制剤？　決まりとは、どういう意味だろう。

「深刻な病気なのか？」

またしても答えたのは遥大だった。

「病気じゃないから安心して――でも、そうだな。いまゆっくんと一緒にいないほうがいいか。ゼン、ひとりでうちに帰れる？」

「帰れる、けど……俺」

ゼンはゼンで、ひどくつらそうなのに帰宅を渋る。こちらを窺《うかが》いつつもじもじとリボンを弄る姿はやはりボーイッシュで内気な女子高生みたいだ――なんて、こんなときにいったいなにを考えているのか。

もっとも内気という部分は当てはまらないと知っている。なにしろ獣を一刀両断する腕っ節と瞬発力、度胸の持ち主だ。

「ゼン。悠生にいきなり全部理解してもらうのは無理だっていうのはわかるね。僕から話すから、今日のところは家へお帰り」

子どもに言い聞かせるかのような口調でそう言った遥大に頷《うなず》いたゼンは、ふらつきながらも応接室を出ていく。ひとりで大丈夫なのかと思ったのは一瞬で、遥大とふたりきりになった途端に居心地の悪さを覚えた悠生は、あえてドアに目を留めたまま口を開いた。

「先生、だっけ？　やけに信頼されてるんだな」

皮肉めいた言い方になったのは致し方ない。当時どれだけ心配して、大変だったか。それを思えば当《あ》て擦《こす》りのひとつやふたつ、ぶつけたくなるのは当然だろう。目の前でゼンとの親密さを見せられてはなおさらだ。こっちは家庭崩壊してるんだよ、とどうしても反感がこみ上げる。

「それは、みなが先生を尊敬しているからですよ」

トレイを手にして現れたのは、細身の青年だった。テーブルの上に茶を置いてから、いきなり自身のスラックスの裾を捲ってみせた。

「……義足」

木製の下腿《かたい》義足だ。足首には革のベルトが使われ、可動するようになっている。

「先生が作ってくれたおかげで、また歩けるようになりました。先生は、ここポートの町における医療チームのリーダーで、青年会の会長でもあるんです」

尊敬されるはずだ。遥大はもともと器用で、当時は医大生だった。突然現れたよそ者をみなが信頼するまでになるにはそれなりの理由があったらしい。

ようは、この十年それなりに充実した日々を過ごしていたというわけだ。

一礼して彼が立ち去る。

ふたたびふたりきりになってから話を再開したが、つい不満めいた言い方になった。

「ていうか、なんで連絡ひとつしてこなかったんだよ」

当時警察は満足に動いてくれなかったため、両親は大枚をはたいて興信所に兄の捜索を依頼した。が、数年かけてもわずかな足取りも摑めず、樹海に入ったか、崖から海に飛び込んだかともはや生きていないという結論に至ったと聞いている。無論そうなるまでにはいろいろあった。

もし遥大が電話の一本でも寄越していたら、家族が離散するはめにはならなかったかもしれない。そう思うと、目の前でほほ笑んでいる遥大に対して怒りがこみ上げてくる。

「ごめん。したくてもできなかったんだ」

覚えずソファから立ち上がる。

「どういう意味だよ。こっちはずっと——」

恨み言が口をついて出そうになり、唇に歯を立てた。文句ならいくらでも並べられるが、いまさら意味はないし、すべて終わったことだ。

ソファに腰を落とした悠生に、ごめんとまた遥大が謝ってきた。

「でも、本当なんだよ。おまえだって、異変に気づいてるんじゃないか？　ゼンが返り血を浴びていたということは、奴に襲われたんだろ？」

「——」

ぐっと言葉に詰まる。

確かにそのとおりだ。ここは普通ではない。廃村にいたはずの自分が意識を失い、次の瞬間には森の中にいてこの世のものとは思えない獣に襲われていたなんて、どう考えてもおかしい。「異変」という表現が生易しく思えるほどだ。

なにより、その獣が問題だった。

──逃ゲルノハモウ終ワリカ？　ダッタライマスグ真ッ二ツニサレルカ、イタブラレテカラ殺サレルカ、選バセテヤル。俺ハドッチデモイイゼ？

気のせいだと思おうにも、あの声は鼓膜にこびりついている。

「携帯は使えないし、向こうの世界への連絡手段がなかった」

そう遥大に言われ、即座にポケットからスマホを取り出して確認した。「圏外」の文字が表示され、連絡手段がないという言葉の信憑性《しんぴょうせい》が増す。

それでも──。

「向こうの世界、ってなんだよ。なら、ここはなんの世界だっていうんだ」

やはり受け入れがたく、不満を込めて吐き捨てる。

さあ、と遥大は肩をすくめた。

「平行世界、異世界、それとも未来、あるいは過去なのか、僕にもわからない。はっきりしているのは、僕ら兄弟がここに飛ばされた、それだけだ」

仮に遥大の荒唐無稽《こうとうむけい》とも言える話が事実だとすれば、大変な事態だと言える。少なくとも肩をすくめて軽々しく口にしていい問題ではないはずだ。

「そ、んなわけあるか……騙《だま》されないぞ。だいたい、なんで言葉が通じるんだよ」

せめてもと鼻で笑ってみせた。

しかし、これも容易《たやす》くあしらわれる。

「そういうの、ここに飛ばされたことに比べたら、たいして重要じゃないよね」

「けど――」

反論しようにも、なにも出てこない。黙り込んだ悠生に、遥大がふっと目を細めた。

その表情に懐かしさを覚え、わざと仏頂面を作る。本心を言えば、遥大との再会は嬉しい。この状況では心強くもある。

ただ、それを素直に伝えるにはまだ時間が足りなかった。なにしろこうなったのはほんの少し前の出来事だ。

「あの村、なんなんだよ」

ぼそりと呟いた一言は質問ではなかったが、遥大は聞き逃さなかった。

「叉路村に行ったんだ？」

いまとなっては、なぜわざわざあの場所へ出かけたのか、自分でもよくわからない。

しかも、わざわざ兄が失踪した日を選んで。

「そう、だけど」

頷いたところ、困った子だと言いたげに遥大の眦が下がった。

「僕の忠告、忘れちゃった？　あそこは、昔から異様に神隠しが多い場所なんだ。僕らみたいに別の世界に迷い込む条件は揃《そろ》っていた。人里離れている谷間の村であること、何百年もときを経た一本松、橋、極めつきはその下の磐座。磐座は」

「端境、だろ？」

先回りした悠生に、遥大が目を丸くし、その後破顔した。

「よく憶えてたね。そう、端境だ。谷間は、ふたつの世界が交わる場所。そこにあちらとこちらの橋渡しがあって、巨木、巨岩ときている。実際、すべてのピースが嵌まって僕らはここにいるし、あの村の住民は僕たちとは反対にこちらから向こうに飛ばされたんじゃないかと思ってるんだ。集団神隠しに遭った人たちがシャロムを思って作ったのが、あの叉路村じゃないかって」

興奮ぎみに一気にそこまで説明した遥大を前にして、また昔を思い出す。遥大はこの類の話をよくしてくれたが、それはふたりきりのときに限っていた。親に叱《しか》られるから、というのがその理由だったけれど、両親が遥大を叱るわけがない。

遥大は彼らの自慢の息子だったのだから。

「シャロム？」

「ああ、この町――ポートもシャロムのなかのひとつだ。隣接しているのはカダムとユマ、ナザン。もっとも栄えているのはイクアム。周囲を海に囲まれた大陸で、海の向こうについては不明とされている。魔物が棲《す》む場所だと言い伝えられていて、遠洋はタブー、漁も近海に限られているんだ。僕は確かめてみたくて行けるところまで行ってみたけど、結局陸地は見つけられなかった」

つまりは巨大な島国というわけか。シャロムは国か、あるいは世界か。どうでもいい。

「条件が揃っているから、兄貴はまたあの村に行ったってことだよな。もしかして俺と出かけたのは、それを確認するためだった？」

自分を連れていったあと、ふたたびひとりで訪れたのは神隠しに遭っても構わないと考えたからに他ならない。家族と天秤にかけて、好奇心をとったのだ。

「ごめん。言い訳はしない」

「簡単に謝んな」

どうせいまさら言い訳を聞く気はなかった。すべて過去のことだ。

話は終わったとソファから立ち上がったにもかかわらず、遥大はなおも身勝手な言葉を重ねた。

「だけど、ゆっくんまでこっちに来るとは思っていなかったし、また会えてすごく嬉しいのも本当だよ」

嘘つけ、と腹のなかで吐き捨てる。弟との再会以上に、あの忘れ去られた村がふたたび起こした超常現象のほうが遥大には重要なのだ、きっと。

「その呼び方、やめてくれ」

ち、とわざと大きな舌打ちをして応接室を出る。これ以上遥大の顔を見ていたら感情に任せて罵倒してしまいかねなかった。かといって、行く当てもない。右も左もわからない場所でどうすればいいのか。階段を下りたはいいが、行き先に困ってその場で立ち尽くした悠生は、直後耳に届いた言い争う声にそちらへ意識を向けた。

ガレージドアの向こうに何人かいるようだ。

「家に帰る」

この声はゼンだ。なにを揉《も》めているのか、ゼンの声には相手に対する反感がこもっている。

「先生がなんでおまえを可愛がるのかわからねえが、調子にのんなよ。誰もおまえを信用してねえからな」

誰かが暴言とも言える言葉を吐いた。止める者はいない。

「調子にのってないし、自分が弱いからって俺に八つ当たりされても困る」

ゼンもゼンだ。たとえ事実だとしてもこういう言い方をすれば火に油を注ぐようなものなのに、と思った矢先、「てめえ！」と怒声が響き渡った。

仲裁するつもりなどさらさらなかったが、ここで他人の喧嘩に聞き耳を立てていてもしようがないともっともらしい理由をつけ、そ知らぬ顔で足音を立ててガレージドアをくぐった。

「あんたは……」

第三者が現れたことでみなが動きを止める。

さっき会った男らがゼンを囲んでいて、顎髭のある男が地面に尻もちをついていた。ゼンに足払いでもされたようで、恥をかかされたとばかりに男の顔は怒りに満ちている。第三者の存在など、怒りの前には些末なことなのだ。

「和を乱すてめえの存在のほうが士気を下げてるんだよっ」

男は立ち上がるや否や、ゼンに殴りかかった。

「よせ！」

喧嘩を止めようとしたわけではない。ましてやゼンをかばおうなんてつもりはまったくなかった。ただ頭で考えるより先に身体が動いただけだ。

「……っ」

割って入った悠生は、顎に走った痛みに呻く。唇が切れたらしく、血の味がして不快感に顔をしかめた。

「なんで、間に入ってきたんだよ」

おまえのせいだと言わんばかりの男を、口許を手で拭ってから見据える。いや、顎髭の男だけではない。周りを取り囲んでいる者たちにしても、止めなかった時点で当事者も同然だ。

「信用？　士気？　自分の思うようにならないからって、すぐ暴力を振るう奴がそれを語るのか」

どうやらこれは痛いところを突いたようだ。男はこちらにも敵意をあらわにし、歯を剥く。

「部外者はすっ込んでろっ」

熱くなる相手のおかげで悠生自身は逆に頭が冷え、ばつの悪さを味わった。男の言うとおりだ。そもそも部外者が首を突っ込むのが間違いだった。

「言われなくても引く」

とりあえずこの場を離れようと足を踏み出す。また喧嘩が始まるかと思えば、こぶしをおさめさせたのはこのなかではまとめ役と思しき青年だった。

「仲間同士でいがみ合ってもしょうがない。ゼンも、単独行動は控えてくれ」

おそらく同じ問題で何度も揉めているのだろう。

みなは彼に従い、倉庫の中へ戻っていく。最後まで不服そうだった顎髭の男も渋々倣《なら》い、残ったのはゼンと自分のふたりになった。

「なにがあった？」

って問うたのだが。

「まあ、言いたくなければべつに——」

そもそも俺には関係ないことだ、と続けるつもりだったのに、そうできなかった。突然、ゼンが身体をぶつけてきたせいで面食らったのだ。しかもそれでは終わらず両腕できつく抱きつかれてしまい、唖然《あぜん》とする。

「……なにやってんの？」

身を引いても、肩を押し返してもどうにもならず、困惑するしかない。はあ、はあと呼吸を乱している相手をぞんざいに扱うわけにはいかず仕方なくあきらめ、力を抜いた。

「具合が悪いなら、家まで送るけど」

ひとまず申し出たところ、ゼンが頷く。しかし、離れる気はないようだ。まるで犬にでも懐かれたような心地になっていると、

「ゼン、すごい？」

唐突にそう聞いてきた。

「親近感、ある？　可愛い？」

「深い意味があるわけじゃないけど、ここには知らない奴ばかりだし」

自分としては予防線を張ったつもりだったが、なおも強く腰にしがみつかれる。

結局、ゼンの案内で自宅を目指す間もそんな状態だったため、道行く人たちに好奇の視線を投げかけられるはめになり、いたたまれない心地になった。

他にもわかったことがある。ゼンが浮いているのは、先ほどの男たちからだけではないようだ。周囲のよそよそしさは最初こそ新参者である自分のせいかと思ったけれど、明らかに具合の悪そうなゼンに声をかけるどころか、誰ひとり近づいてはこなかった。

「ここ？」

ゼンが、一軒の家の前で立ち止まる。

オレンジ色の瓦に、黄色みのある外壁。二階の窓にはカラフルな花の鉢植えも置かれ、意外なほど温かみのある外観だった。

頷くのを待って、ゼンから鍵を受け取ると玄関扉を開けて中へ入る。玄関には靴が散乱──していることもなく、整理整頓され、幸せな家族の団らんを想像させた。

「誰かと一緒に住んでるのか？」

特に深い意味のない質問には、遥大と返答がある。

「え、兄貴？」

まさかふたりは──。

ゼンが男だとわかっていても、セーラー服姿のせいか下世話な想像が頭をよぎる。もっとも小学生の頃に別れたきりなので、遥大のことはほとんどなにも知らなかった。この十年どんな人生を送ってきたのか、恋人はいるのか、いるとすれば女性なのか男性なのか。

ゼンから返事はない。家に入ったあともくっついたままだ。

「あ……っと、俺は、ここで」

なんとか腕から手を外させようとしても、よけいに身体を押しつけてくる。

「ゼン、横になったほうがよくないか」

そう提案した直後、強い力で引っ張られた。目の前の階段を上がり、二階へ連れていかれたかと思うと、手前の部屋へとゼンは飛び込んだ。

「……ちょ」

ベッドが視界に入ると同時に、そこへ押し倒される。仰向けに倒れた次の瞬間には、ゼンが上にのってきた。

荒い呼吸を耳に吹きかけられて、ようやくその可能性に気づく。ゼンは具合が悪いわけではなく、興奮していたのか。だから遥大はたいして案じていなかったのか、と。

「なにか、誤解させるようなことをしたんなら、悪い」

焦る気持ちを抑え、自分にその気はないと遠回しに断る。会ったばかりの相手をベッドに誘うことについてとやかく言うつもりはなくても、自分はちがうと伝えたかったのだ。

しかし、ゼンには通じない。

「ゆ、くん……早く」

いっそ必死に見えるほど下半身を擦りつけられて、眉根が寄った。勝手に盛って迫ってくるゼンに対して苛立ちすらこみ上げる。

どうやらはっきり拒絶する必要があるようだ。

「それ以上動くな」

まずは身体をくねらせるのをやめさせるのが先決だ。きつく命じると、ようやくこちらの本気が伝わったのか、びくりとゼンの肩が跳ねた。

初めからこうすべきだった。

「俺から離れたら、そこに座ってじっとしてろ」

あれほどしつこかったゼンが離れ、おとなしく足元に座る。ほっとしたのもつかの間、これまで以上に熱っぽい目で見つめられ、はあ、とため息をこぼした。

「他の奴らはどうだか知らないけど、俺にこういう期待してるなら無駄だ」

努めてそっけなく言って、ベッドを下りようと起き上がる。

床に足をつけたところで、ゼンが思いもしなかったことを口にした。

「でも……ゆっくん、ゼンのこと、可愛いって」

「それとこれは別の話だろ」

なにを言っているんだ、と呆《あき》れる。

ぐず、とゼンが鼻を鳴らした。

「ゼンの、Ｄｏｍになってくれるんじゃないんだ？」

「ドム？」

どういう意味だと首を傾げた悠生だが、それどころではなくなった。

「……って、ゆっくんも勃《た》ってる」

「………………」

なにがと問うまでもない。ゼンの視線の先を自分で確認する。

ゼンの言ったとおり自身のボトムの前が膨らんでいるのが見え、驚かずにはいられなかった。

その気はいっさいなかったはずだ。もとよりいまもない。べたべたとくっついてくるゼンに閉口したし、期待しても無駄という言葉も本心からだ。

それなのに、どうして。

「ゆっくん。動いていい？」

ゼンが物欲しげに胸を喘がせる。

「駄目だ」

なぜか自分のものはさらに反応する。

「……ゆっくん」

「あと、その呼び方やめろ」

なにかの間違いにしても一刻も早くこの部屋から出なければと、熱いまなざしから顔を背けた悠生はベッドを下りる。

「そのままおとなしくしてろよ」

ゼンに命じ、ひとり部屋を出た。

といってもこの状態で外へ出るわけにはいかず、一階に下りると階段に座って深呼吸をする。どうなっているのかわからないまま、いまだ膨らんでいる中心に目を落としたが、なかなかおさまりそうにない。無自覚なだけに、戸惑いは大きい。

こうなったのは柄にもなく喧嘩の仲裁なんてしたせいだ。いや、それ以前に遥大の顔を見たくなくてあのタイミングで外へ出たからだと思うと苛々は募る一方で、おかげで股間の熱もようやくおさまってきた。

「あれ、ゆっくん。来てたんだ?」

目の前の扉が開き、現れたのはいま一番見たくない顔だった。

「だから、その呼び方はやめてくれって言っただろ」

くしゃくしゃと乱暴に髪を手で掻き、腰を上げる。こちらは不快感をあらわにしているにもかかわらず、遥大が笑顔なのがよけいに癇に障った。

「そうだった。確かにもう大人だもんね。ゆっくんは変だ」

遥大は頷くと、人差し指で上を指さす。

「ゼンは部屋?」

「ああ」

右手側に向かい、グラスを手にしてから階段を上っていく遥大を一瞥《いちべつ》したあと、外へ出るつもりで足を踏み出した悠生だったが、ふと気になって振り返る。

ゼンは遥大になんと話すだろうか。馬鹿正直に話す様が目に浮かぶようだった。たとえそうでもこっちは断ったのだから、気まずいことはなにもない。

――だって、ゆっくんも勃ってる。

「いや、あいつ、絶対言うだろ」

急いで階段を駆け上がる。ドアは開いていて、兄がゼンを抱きかかえている姿が目に入った。

それだけではない。ふたりはキスしている。

危うく兄の恋人と――そう思っただけで背中に冷や汗が噴き出した。

「ああ、悠生。悪いけど、水を注ぎ足してくるから、ゼンについてきてくれないかな」

ゼンから離れた遥大は、サイドボードのグラスを手にして立ち上がる。ただでさえその気になっていたところでのキス、だ。ゼンがいまどういう状態にあるか、言うまでもなかった。

物欲しげな視線を向けられて、嫌悪感がこみ上げる。結局誰でもいいなら、俺を巻き込むなと言ってやりたかった。

「俺が持ってくる」

水を運んだら出ていこうと決め、グラスを受け取って部屋を出る。一階に下りてすぐ、さっき遥大が足を向けた部屋、ダイニングキッチンで悠生は冷蔵庫を開けた。

「井戸水が出るんだ」

遥大もやってきて、自ら水道の蛇口を捻《ひね》る。

「兄貴が持っていけばいいだろ」

それならとグラスを差し出したのに、遥大は受け取らなかった。

「いや、それはもう難しい」

難しい？　怪訝に思い、視線でどういう意味なのか問う。つかの間逡《しゅんじゅん》巡のそぶりを見せた遥大は、

「見てもらったほうがいいか」

再度ゼンのいる部屋へ戻るよう促してきた。断ることもできたが、躊躇いつつもまた二階へ向かうと、ゼンはベッドの足元に座った状態で、自分が部屋を出たときのまま身動きひとつしていなかった。

「なんとか薬は飲ませたんだけど、僕の言うことを聞いてくれないんだ。水を飲ませたら、横になるよう悠生がゼンに命じてくれないか」

さっきのがキスではなく薬を飲ませていたというのはこの際どうでもいい。わからないのは、なぜ無関係の自分に頼むのか、だ。

遥大の言うことを聞かないのなら、なおさらよく知らない男の言葉になど耳を傾けないだろう。

「あとで説明するから、頼むよ、悠生」

「………」

突っぱねるはずが、なにも言えなかった。出ていく前に、一声をかけるくらい数秒でこと足りる、などと思ったのはやはり十年ぶりに再会した兄に対するなんらかの感情ゆえかもしれない。

恨みか、怒りか、それ以外なのかは自分でも判然としなかったが。

「水を飲んだら、ベッドに横になって寝ろ」

ベッドに歩み寄り、「命じて」という遥大の言葉のとおり命令口調で告げた。大きく目を見開いてこちらを見てきたゼンは素直に頷き、グラスを受け取ると、空にしてからベッドに転がった。

「……ゆ、くん」

期待に満ちた表情でゼンが次の命令を待つ。

「は?」

「それから……しばらく休んでろ」

どうやらこれはゼンの望んだ答えではなかったらしい。転がったままねだるような視線を向けられたが、これ以上応えるつもりはなかった。

遥大にアイコンタクトを送ったあと先に部屋を出た悠生は、扉を閉めてすぐに詰め寄った。

「どういうことなのか、わかるように話してくれ」

なにもかもが釈然としない。まさにおあずけを食らっているような気分だ。

「ゼンのことなら、悠生がじっとしてろと命じたからだ」

あっさり返ってきた一言に、頬が引《ひ》き攣《つ》る。

「ゼンにとって、おまえの命令は絶対なんだ」

こんな話を理解しろというのが無理だろう。

「ついてきて」

悠生の混乱を知ってか知らずか階段を下りて奥の部屋へ足を向ける遥大に、躊躇いつつもついていく。デスクに書架。遥大が入っていった書斎らしき部屋を、誰のと確認する必要はなかった。

ゼンの自宅は、遥大のそれでもあるのだ。

ふたりの関係がなんであろうと構わない。問題は、やけにもったいぶった言い方をする遥大のほうだ。

「説明するから、ちゃんと聞いてほしい」

うまくのせられているような気がしないでもない。自分がこの場に留まるのがなによりの証拠だが、無視して立ち去るには疑問が多すぎる。ゼンのことを含めて、そもそも自分の下半身もなぜこうなったのか、説明できるとすれば遥大ひとりだ。

黙っていると、それを承諾と受け取ったのだろう。

「椅子に座って」

部屋で唯一の椅子を勧めたあと、遥大は書架の奥からミニサイズのボードを取り出してデスクの上にのせた。自身は立ったまま、そこに「シャロム」「ポート」「叉路村」とろう石で書き入れる。

また蘊蓄《うんちく》の披露か、とうんざりする一方で、向こうに戻るヒントを得るためには我慢するしかなかった。

が、さらなる書き込みに黙っていられなくなる。

「なんだよ、それ」

「それって」

シャロムの下に遥大が書いたのは、「人間」「獣人」だった。

「獣人？　悠生も遭遇したと思うけど、この世界の人間と獣人は敵対している。なかでもポートは森に接している町だから、そういう意味では苦労も多いんだ」

あれはなんだと聞いた自分に、「獣人」とゼンは答えた。そのときは狼狽《ろうばい》していたせいもあって追及しなかったものの、遥大の口から同じ言葉を聞くはめになるとは予想だにしていなかった。

「でも、いまそれは重要じゃなくて」

それが一番重要だろ。心中で突っ込みつつ、話の腰を折りたくなかったので黙って遥大の言葉に耳を傾ける。

「じつは、獣人には人間にはない特性がある。男女以外のもうひとつの性だ」

獣人の下に、「Ｄｏｍ」「Ｓｕｂ」と書き加えられた。

「……なんだよ、それ」

そういえば、さっきゼンも言っていた。ゼンのＤｏｍになってくれるんじゃないのかと。

「Ｄｏｍ／Ｓｕｂ。端的に言えば主従関係の性、かな。普通のＳＭとちがうのは、性的な趣味嗜好《しこう》とはまるで異なるってことだ。睡眠や食事と一緒で、必要不可欠。排除しては生きていけない」

「………」

獣人というだけでも理解しがたいのに、新たなワードが飛び出してきてまったく頭が追いつかない。なにを質問すればいいのか、それすら思い浮かばないほどだ。

「ゼンはSubなんだけど、予防の意味もあって早くから抑制剤を飲んでる。パートナーを見つけるのが難しい状況なら、できるだけそういう衝動は起こらないほうがいいから。いままではなんとかごまかしてこられたけど、今後は」

「ちょっと待ってくれ」

遥大の言葉をさえぎり、ボードの文字をじっと見る。「Dom」「Sub」それは獣人の特性だ、そう遥大は言ったはずだ。

「ゼンがSub？　獣人に限った特性なんじゃないのか」

「いい質問」

遥大が、「人間」と「獣人」を線で繋《つな》ぎ、その間に「ゼン」と記入した。

「ゼンはハーフで、外見は完全に人間に見えても獣人の特性を受け継いでいる」

なにを言われたのか、すぐにはぴんとこなかった。いまの一言を脳内で反芻《はんすう》して、やっと意味を理解する。

「ゼンが獣人？」

「半分ほど」

まだ頭の整理がつかないうちに、遥大はさらにボードに走り書きしていった。

「人間のなかで育ったせいで、ゼンにはパートナーがいない。SubにはDomとのセックスがどうしても必要なのに。それでなくても獣人は欲望が強くて、いままでなんとかやりすごせていたのが幸運だったんだ」

ゼンの名前の横に「＝Ｓｕｂ」と筆を走らせた遥大には、ただ唖然とするしかない。こちらの困惑など無視して、遥大は先へと話を進める。

「このＤｏｍ／Ｓｕｂの特性は、確かに厄介だ。同時に、彼らにとっては子を増やすための進化じゃないかと思ってる」

獣人とのハーフというなら、ゼンの両親はどうしているのだろう。そもそもこれほど重要なことを他者にあっさり漏らしてしまって大丈夫なのか。

抑制剤？　パートナー？　頭が整理できないうちに、次から次に疑問が湧いてくる。

「このこと、町の人たちは――」

「知ってるよ」

他の人たちがゼンに対して冷たいのはそのせいだったのか。

だとすれば、和解を望むのは難しい。誰でも異質なものに対しては慎重になる。

「けど……」

「おまえの命令は絶対」という、あの言葉の説明にはなっていない。なぜ自分にこれほど熱心に教えるのかも。

「悠生には、ゼンのパートナーになってほしい。つまりコミュニケーションは――端的に言えばセックスにおけるプレイなんだけど、必要不可欠だから」

これ以上もう驚くことはないと思っていたが、それは大きな間違いだった。あまりに突飛すぎて、まともに返事をするのもばかばかしくなってくる。

「意味わかんねえ」

冗談はやめてくれと肩をすくめてあしらったのに、遥大は同じ台詞《せりふ》をくり返す。

「いきなりで驚いているだろうけど、悠長に構えてる暇はない。悠生にゼンのＤｏｍ、セックスパートナーになってほしい」

「だから、それがわかんねえって言ってるんだよ」

言葉尻にかぶさる勢いで突っぱねた。

十年ぶりに再会したかと思えば、勝手なことを言いだす遥大の無神経さには腹が立ってくる。

「すぐに受け入れられないのはわかってる。勘違いしてほしくないのは、Ｄｏｍなら誰でもいいわけじゃない。ゼンには悠生が必要なんだ」

「なんだ、それ」

わざと鼻で笑ってみせた。もはやたちの悪いジョークだ。

「まあ、いろいろ突っ込みたいのはこの際脇においといて、ドムサブだっけ？　それ、獣人の特性なんだろ？　俺の親は確か、どっちも人間だったと思うけど」

ハーフのゼンはまだしも、自分はただの人間だ。それを兄である遥大は誰より知っているはずだった。

「悠生の言うとおりだ。実際のところはわからない。というか、わかりようがない。検査方法があるわけじゃないからね。でも、何事にも例外はあるって僕は思ってる。そもそも僕たちの存在は例外だし、ゼンもそうだ。ゼン以外にハーフは確認できていない。ゼンの母親も僕らと同じで、別の世界からの異分子だったんじゃないか——なんて、もちろんこれも憶測にすぎないんだけどね」

異分子とは言い得て妙だ。

「だったら、兄貴でもいいはずだろ」

「Ｓｕｂであるゼンがおまえを選んだんだ」

反論する気も失せる。ようは、ゼンが選んだからおまえはＤｏｍになれと強要しているのだ。

「昔から悠生は周囲に敏感で、よく気がつく子だったね。こうと決めたら、梃子《てこ》でも動かない強さもあった。ゼンは、悠生のそういう部分を見抜いたんじゃないかな」

だからなんだというのだ。

ゼンが、ゼンが、何度もその名前ばかり口にする遥大にはうんざりした。

「どういう屁理屈《へりくつ》だよ」

半笑いで一蹴した悠生に、

「昔」

唐突に遥大が切り出した。

「叉路村に行ったとき、おまえ、小さい男の子と会ったって言ったの、憶えてる？」

「……俺が？」

かぶりを振る。あの村に遥大と行ったことすらうろ憶えだったのだ。そこでなにをして
なにがあったかなんて、まったく記憶になかった。

「そう。たぶん、ゼンはあのときからおまえを選んでいたんだと思う」

にもかかわらず、遥大の独りよがりな話はさらに続く。

「ああ、そうか。そのときなんらかの力が働いて、悠生を自分のＤｏｍだと認識したんじ
ゃないかな。だからゼンはこれまで守られてきて、Ｓｕｂの特性がなんとか抑えられてき
た。でも、悠生と再会したから——」

「いいかげんにしてくれないか」

声高に話をさえぎる。ここまでくると遥大の妄想を押しつけられているとしか思えない。

「まあ、そうだね。そこは僕の想像だ。でも、ゼンがおまえを選んだのは、間違いない」

「は……知らねえよ」

平行世界だか異世界だか知らないが、突然迷い込んでしまっただけでも受け止めきれて
いないのに、そこに十年前に失踪した兄がいて、その兄から獣人ハーフのセックスパート

ナーになれと言われたのだ。

反感を抱く理由には十分だろう。

「すぐに返事をしなくていい。考えておいてくれないか」

遥大はひとつ、重要なことを忘れている。

「考えるまでもない。いま返事をするよ。兄貴はやけにゼンに肩入れしてるみたいだけど、俺がそれに合わせる必要ないよな」

自分には断る権利があるし、まったくメリットがない。遥大が言葉を重ねれば重ねるほど逆効果になり、嫌悪感が募っていくだけだ。

「そうだね。たぶん、考える必要はないかも」

てっきり食い下がってくるかと思ったが、意味深にも聞こえる一言で遥大は話を終わらせる。すっきりとはいかなくても、無理強いする気がないのであれば悠生にしてもそれ以上揉めるつもりはなかった。

「そうだ。悠生の家を用意するつもりなんだけど、それまでうちで一緒に住もう」

この申し出は正直ありがたかった。たったいま遥大の頼みを突っぱねたばかりで気まずさはあるとはいえ、獣人に遭遇したあとではとても野宿をする気にはなれない。

それはそれ、これはこれ、だ。

「……助かる」

家を出てから果たしてどれだけの時間が過ぎたのか、スマホで確認したところでしようがない。なにせ厭になるほど長い時間がたったような気がするのに、窓の外はまだ明るかった。

自分はもとの世界へ戻れるのか。

不安に駆られつつも、自虐的な考えが頭をよぎる。自分ひとり消えたからといって真剣に案じ、捜してくれるひとが誰かいるだろうかと。

母親とはとっくに音信不通になっているし、半年に一度まとまった金を振り込んでくれる父親にしてももう何年も顔を合わせていない。しかも、去年新たな家庭を持ったらしく、たまに届いていたメールも滞るようになった。

いま自分が消えても、おそらく両親はあっさり受け入れるにちがいない。

友人たちにしても同じだ。小学校から大学までそれなりにうまくやり、周囲の信頼にも応えてきたと自負しているし、親のせいで人生駄目にするなんてごめんだと、その一心で「長」のつく役目は数えきれないほどこなした。

――悠生なら大丈夫だって。

友人のみならず大人たちにも何度そう言われたか。おそらく今回もその一言で片づけられるに決まっている。

彼女はいない。適当に遊ぶ相手はいくらもいるのに、恋人という関係に縛られるなど面倒なだけだ。

寂しい人生？

あいにくそういう感覚が鈍いらしく、寂しさを感じることなくこれまで過ごしてきた。

「向こうへ戻る方法は皆無なのか？」

核心を突いた問いのつもりだったが、案の定の返答があった。

「さあ。戻ろうとしたことないから」

だろうな、と心中で呟く。鈍いのは自分ひとりではない。ようするに、それがうちの家族の「特性」というわけだ。

「また悠生と暮らせるなんて、夢みたいだな」

愉しげな遥大の言葉に、いつもの作り笑顔で応じる。

「それで、俺の部屋は？」

「あ、疲れたよね。ついてきて」

遥大とともに書斎を出る。そういえば財布の入ったボディバッグはどこへ行ったのか、階段を上がりながら思い出したものの、すぐにどうでもよくなった。

財布もカードも、ここではただの玩具同然だ。

それより、いまはひとりになることを優先したかった。

いつの間にか眠ってしまったようで、遥大の声で起こされるはめになる。浴室で汗を流してダイニングキッチンに入ると、そこにはすでにゼンがいて、朝食をテーブルに並べているところだった。

「よく眠れたみたいだね。疲れていたようだから、起こさなかったんだ」

いったい自分はどれだけ寝たのか。という疑問は無意味だろう。一時間、一日の基準がちがって当たり前だ。

「お腹《なか》すいただろ?」

遥大に問われて、空腹を自覚する。バスに乗る前に携帯食で腹ごしらえをしてから、なにも口にしていないのだから腹が減るわけだ。

座るよう促され、三人で食卓を囲む。

スクランブルエッグにスープ、バターがたっぷり染み込んだクルミ入りのパンと、コーヒーに似た味の飲みもの。

「食材は基本、自給自足なんだ。もちろん近隣の町から仕入れたものもある。そうそう、このバターなんて絶品なんだよ。あとね、スープに入ってる野菜は僕とゼンが庭の畑で作ってるやつ」

料理ばかりか家庭菜園までとは――以前の兄からは考えられない。が、ひとが変わるのに十年は十分すぎる年月だ。

「いただきます」

スープをスプーンですくい、口に運ぶ。あたたかいスープが身体じゅうに染みわたり、ほっと息をついた。

バターにしても、勧めるだけあって普段自分が使っていたマーガリンとは風味やコクがまるでちがい、香ばしいクルミにも負けていなかった。

「うまいな」

「ほんと？　嬉しい」

遥大が笑顔になる。

「悠生のそういうところ、変わらなくて安心した。およそ子が育つには適さない家庭環境だったし」

だが、その後の一言には黙っていられなかった。

「誰のせいだよ」

あんたが消えたからだ、とお門違いと知りつつ責める。

ごめんと、悪いとも思っていないくせに遥大は謝ってきた。

「基本的に仮面夫婦だったからね。そんな家にひとり悠生を残したこと、言い訳に聞こえるかもしれないけど、気がかりだったんだよ」

「………」

いまさらそんなこと——反論しようとした悠生だったが、ふいに脳裏によみがえった光景に口を閉じる。

——ゆっくん。兄ちゃんと遊ぶか。

——そうだ。買い物につき合ってくれない？

休日に帰ってきた兄が自分を連れ出すのは、決まって母親の機嫌が悪いときだった。普段は静かな家だったが、たまに雰囲気が変わるときがあった。そういえば、遥大に誘われるたびに家を出られることにほっとしていたのは、そういう雰囲気を子ども心に感じとっていたからなのか。

遥大が消えてからは外へ連れ出してくれるひとがいなくなったせいで、自室にこもり、嵐が通り過ぎるのをひとり待つしかなくなった。いつしかそれを遥大のせいだと思い込むことで、自分を納得させてきたのかもしれない。

なんだよ。

これまで親の、いや、遥大の失踪のせいだと決めつけていた自分が恥ずかしくなる。なにより仮にそうだったとしても、いい歳になってまで固執し続けてきたこと自体、みっともなくて打ち明ける気にはならない。

ちっと舌打ちをした。

「先生のご飯はなんでもうまい」

空気を読まずゼンが割り込み、太鼓判を押す。

今日は普通の格好――ラフなシャツとジャージ素材のパンツ姿だったことにどこか安堵《あんど》を覚えたのは、やはり昨夜の件があるからだろう。

――ゼンにとって、おまえの命令は絶対なんだ。

あれはなんだったのか。悪趣味なジョークだったとしても、ゼンがおまえを選んだ、なんて意味がわからない。

ＤｏｍとかＳｕｂとか獣人ハーフとか……まだ半信半疑だ。受け入れられなくて当然だろう。セックスパートナーという部分ばかり生々しい。

そういえば遥大は、昔からよく子どもっぽいいたずらをした。たとえば、友人からもらったという鯉《こい》だか鮒《ふな》だかを浴槽で飼おうとしたり、怪しげな薬品をキッチンで煮てみたり。ある日突然、家の中を何十羽ものひよこが歩き回っていたこともあった。遥大自身はいたずらのつもりは微塵もなかったらしいが。

なんでいちいち思い出すんだ……振り払おうとしても、過去の出来事が次から次に頭のなかに湧き出してくる。

だが、当の遥大が平然としているせいで、途中からばからしくなってきた。

確かに、昔にこだわったところで、自分の身に降りかかっている現状に比べれば些末なことかもしれない、と。

「ゼン、家で『先生』はよしてくれって言ってるだろ？」

「ゆっくんがいるから、そのほうがいいかと思って」

「悠生は気にしないよ。僕は悠生とゼン、ふたりのお兄ちゃんのつもりだ」

ふたりのやりとりを前に、悠生は自然にまた昔のことを脳裏によみがえらせる。遥大は優秀で、成績も飛び抜けてよかったが、半面変わり者だとも言われていた。

あれだけ賢いと多少変わっててもね。いつだったか、近所のひとがそう話していたのを聞いた。行方不明になった際も、どこか外国にでも行ったんじゃないかと噂《うわさ》されていたように記憶している。

「そうだ、悠生。食事のあと、自警団のみんなを紹介したいんだ。もちろん、疲れてるなら後日でいいよ。時差ぼけがあるだろうし、ここは夜が短いから」

いつしか、自分も遥大は家族を捨て、ひとりで外国に行ったのだと思うようになっていた。

「ああ」

追想に耽《ふけ》っていたせいで、ろくに話の内容も確認せず生返事をする。

青年会のメンバーとの顔合わせだと知ったのは、朝食後、若者たちが揃っている倉庫へ入ってからだ。昨日ゼンといざこざを起こした数人もそこにはいたが、それを知っているはずの遥大はまったく意に介さず自己紹介を促した。

悠生にしても、気にしたところでしようがないので普通の態度で接する。

十数名が順番に名乗り、最後に自分の番が回ってきた。

「俺は如月悠生。青年会のなかに自警団があって、そのリーダーがリウト、で合ってるよな」

リウトとは初対面だ。長身で、日焼けした肌は浅黒く、見るからに頼りがいのある逞《たくま》しい青年だった。どうやら彼は見た目どおりの男らしく、ゼンへの態度が他の者たちとは明らかにちがう。というより、みなに対して平等なのだ。

「ああ」

リウトが頷く。

当のゼンはといえば、手持ち無沙汰な様子で立っている。誰とも視線も合わさず、打ち解けていないと察するには十分だ。

「悠生も自警団に入らないか」

遥大の提案に、真っ先にリウトが賛成する。

「それはいい。ぜひ入ってくれ」

青年会には他に酪農部と地区振興局、医療チームがあるという。酪農部や医療チームには不向き、となると残るは地区振興局に所属するしかない、と考えていたさなかの誘いだったので歯切れの悪い返答になる。

「あ……いや、俺はなにもできないと思う」

獣人に襲われたときのことを思い出し、ざっと鳥肌が立った。自警団となると、おそらくあれともまた遭遇——最悪立ち向かわなければならないのだろう。どう考えても自分には無理だ。


「獣人の話は昨日したよね。彼らとは互いに侵略しないよう協定を結んでいるけど、森の中に迷い込んでくる獣人がいて、たまに問題が起こるんだ。大丈夫。悠生は向いてると思うよ。昔から判断力のある子だった」

ここでの遥大の発言力の大きさはよくわかっている。青年会の会長で、「先生」だ。新参者で居候の身としては、地区振興局も未知という部分では大差ないと自身を納得させ、場の空気を読んで承諾するしかなかった。


「じゃあ、よろしく」

みなが拍手で歓迎してくれる。昨日揉めた数人も、特に反対してくることなく平穏に顔合わせは終わった。


「なんで俺が自警団？」

解散したあと、遥大に問う。遥大の返事は、ある意味予想どおりだった。

「ゼンには相棒がいないから。悠生に相棒になってほしい」

またゼンかよ、とうんざりする。やっぱりデキてるんじゃないのか、と喉まで出かけた一言を呑み込んだのは気遣いではなく自分のためだ。

――ゆっくん。

昨日のことを思い出す。いったいなにが引き金になったのか、自宅に戻るなり興奮したゼンに迫られた。

――でも……ゆっくんも勃ってる。

なら、自分はなんだったのか。自覚のないまま、身体だけが変化していた。

「まあ、足手まといだと思うけど、ゼンがいいなら」

ゼンを窺う。ゼンは他人事さながらに肩をすくめた。昨日自分に迫ってきたのはまるで嘘だったかのような態度に、なんなんだよ、と心中でこぼす。

「じゃあ、決まり」

ぱん、と遥大が手を鳴らした。

なんにせよ、これで家でも外でもゼンと行動をともにしなければならないのは確かだった。

「よろしく」

それでも一応挨拶をすると、ゼンは軽く頷く。反応はそれだけだ。

俺の命令は絶対？　遥大の勘違いだろ。こっそりため息をついた悠生に、さっそく今夜から自警団として警備につくよう告げられる。

監視塔と出入り口には常時見張りが立ち、獣人は夜行性であるため夕刻から朝にかけては数人で柵付近の見廻《みまわ》りもするという。他の町、カダムとユマ、ナザンからも警備人員が派遣されてくるらしいが、やはり森に接しているポートが主にその役目を担っていると遥大は言った。

今夜の役目は、ゼンとふたり監視塔での見張り役だ。

「夜まではなにをすればいい？」

家に戻れば、ゼンとふたりきりになる。昨日の今日で少々気まずい。

「ゼンに町を案内してもらうといいよ」

事前に話はしていたのか、素直にゼンは承知する。結局ふたりになったが、自宅にいるよりはいい。居心地の悪さを覚えつつ青年会の集会場を兼ねているらしい倉庫を出ると、すたすたと歩きだしたゼンに悠生も肩を並べた。

目的地などなく、単に歩いているだけと気づいたのはしばらくたった頃だ。

「長閑《のどか》なところだな」

そのせいで、他愛もないことを口にする。

ゼンの返事は予想していたものとはちがった。

「でもない」

「でもない？」

どこまでも広がる田園風景、羊の群れ、そこで働く人たち。移動手段は馬と馬車。鉄や銅は貴重だという。印象としてもっとも近いのは、以前映画で観たアーミッシュの生活だろうか。春の陽気とも相俟《あいま》って、長閑という表現がぴったりだ。

「もう忘れたか」

ゼンが右手で西側を指さす。遠くに見えるのは監視塔、そして延々と続く柵だ。その向こうには鬱蒼とした森。

「……ああ、そうだったな」

昨日、あの森で獣人に襲われたことを忘れたわけではない。幸運にもゼンに救われたおかげでいまこうしているとはいえ、思い出しただけでぞっとする。

長閑な生活のすぐ傍で凶暴な獣人が棲息《せいそく》しているなど、自分が襲われていなかったらすぐには信じられなかっただろう。

「あいつらは、人間を食べるのか？」

「食べない」

ゼンがかぶりを振る。

「じゃあ、どうして」

襲うにはなんらかの理由があるはずだ。

「わからない。でも、協定を結ぶ前はもっと苛烈《かれつ》だったって聞いてる」

だとすれば、ゼンが警戒されるのも頷ける。見た目が人間だからといって、獣人の血が流れているのであれば、いつ自分たちに牙を剝いてもおかしくない。と、みなが考えていたとしても不思議でない。

そういえばゼンの両親はどうしているのか。問おうとしたものの、そこまで踏み込むのはさすがに躊躇われる。

「新聞とか昔の資料とか置いてあるところはないか？」

シャロム、そしてポートについて調べてみたかった。単純に興味があるし、もしかしたら遥大や自分と同じように突如迷い込んだ者がいるのなら、それを知ることでもとの世界へ戻る方法も見えてくるのでは——そんな期待も少なからずあった。

「図書館の中に、資料室がある」

「じゃあ、そこに連れていってくれないか？」

「いいけど」

回れ右をしたゼンについていく。ゼンと遥大の住む家の前を通り過ぎてまもなく、ログハウス風の大きな建物が見えてきた。

ゼンとふたりでそこに入っていくとフロアの正面に受付があり、まずはそこで記帳を促される。奇異の目にさらされてもそ知らぬ顔をしているゼンと新参者の自分では足止めされるかと案じたが、杞憂《きゆう》に終わり、資料室への入室を許可された。

図書館はここでも似たような雰囲気だ。天井が高く、書架にはあらゆる書物が整然と並んでいて、インクの匂いに満ちている。子どもから老人まで、中央にある大きなデスクについて熱心に本を読む姿もよく見る光景だろう。

「こっち」

資料室は扉で仕切られた個室になっていた。

広さは十畳ほど。希望すれば誰でも閲覧できる資料でも、町の人々にとってはそれほど興味を惹かれるものではないのか、資料室にはゼンと自分以外は誰もいなかった。そのゼンにしても、なにも手にせず椅子に腰かける。

「なんだったら、俺ひとりでもいいけど」

気遣いというより、自分のために申し出る。どれくらい時間がかかるかわからないし、傍にいられると気が散る。が、ゼンはそこを動こうとしない。

「遥大が案内しろって」

じつに単純な理由で。

ゼンが遥大を慕っているのは確かだ。

「そう」

一言で、あとは資料に集中する。なぜ読めるか、については遥大が言ったように深く考えてもしようがない。

町の歴史をまずは繙《ひもと》こうと、分厚い歴史書を手にとる。全五巻あるなかでもっとも新しい巻からさかのぼる形で斜め読みしていった。

冒頭にあるのは現在のポートの概要だ。

簡易的な地図に加え、人口、産業。町長の氏名のみならず青年会の会長だという遥大の名もそこにはあった。ただし遥大がいつどうやって町に来たのかについての記載はない。

農業主体で、近隣の町に作物を輸出している一方、海産物を始め鉄や鉱石の類は輸入に頼っている。

柵を作ったのは数年前、遥大がこちらに来てからのことだ。さらにその十数年前には獣人と協定を結んだ記述を見つけた。

「苛烈」というゼンの表現は正しかったようで、幾度となない争いで互いに多くの犠牲を払ったすえ、こちら側は当時のシャロムとポートの長、そして青年会の会長の立ち合いのもと協定が結ばれたとある。

遥大の前任——前会長の頃だ。

相手の獣人は、ジューザとその側近。獣人にも名前があるらしい。

以降、森は双方の不可侵域となったが、迷い込んだ獣人は何度か目撃されたらしい。付近で無残な人間の遺体が見つかる事件もあったと記されている。自分もそうなるところだったと思うと、ゼンに感謝するべきだろう。

さらにページを捲《めく》っていくと、森の向こうが獣人の棲《す》み処《か》であることがわかる。争いの原因は領土の拡大か、それとも単純に種族のちがいゆえなのか。

特に、自分たちのような外部からの流れ者がいたという記述はない。記すまでもない、あるいはあえて伏せたとも考えられる。ゼンの母親についても記述はなく、めぼしい情報は得られなかった。

次の巻を手にとり、そちらも気になった項目のみざっと黙読していった。気づけばかなりの時間を費やしたが、これといって収穫はなく、徒労に終わる。

目頭を押さえたとき、おとなしく椅子に座って待っていたゼンが、やっとかと言いたげな視線を投げかけてきた。

「昼食の時間はとっくに過ぎた」

「ああ、そうだな」

不機嫌そうに見えるのは空腹のせいか。悪かったと謝ったまさにそのとき、ぐうとゼンの腹の虫が資料室じゅうに響き渡る。慌てて腹に手をやったゼンは、気恥ずかしそうに唇を尖らせた。

「ゆっくんのせいだ」

セーラー服で獣人を一刀両断した印象があまりに強烈だったせいで驚きと戸惑いの連続だった昨日とはちがい、ゼンはいたって普通の青年に見える。外見は人間そのものなので、獣人ハーフというのもなにかの間違いではないかという気がする。

実際のところ、勘違いではないだろうか。偶然Ｄｏｍ／Ｓｕｂに似た特性が現れたせいで、決めつけてしまったのでは――。

「そうだな。帰ろう」

歴史書を書架に戻し、図書館をあとにする。その間にもゼンの腹は主張し続け、とうとう我慢できずに吹き出した。

「すごいな。腹の中でなにか飼ってるんじゃないか」

単なる軽口だったが、ゼンは真顔で受け止める。

「え、なにかいるのか？」

自身の腹を見て、問うてくる。その目は真剣そのものだ。

「餌をくれって……そいつの鳴き声なのか？」

不安そうにすら見え、からかうのをやめる。根が素直なのだろうと、いまのやりとりで察せられた。

「冗談だ。腹が減ると、俺も鳴る。ゼンより大きいかもな」

安心させるためにそう言った。

「ああ。一緒にいればそのうちわかる」

「じゃあ、ゼン、いつもゆっくんと一緒にいる」

どこか嬉しそうに目を輝かす様には頬が緩む。ゼンのまっすぐな言動は、いまの自分にはありがたかった。

形のいい頭に手をのせ、くしゃくしゃと髪を掻き乱す。その傍ら、どういう心境の変化なのかと心中で自問した。

いつも一緒にいるなんて、うっとうしいと思ってもいいはずだ。遥大には「ゆっくん」と呼ぶなと拒んでおきながら、結局、ゼンには許してしまっている。

どうしてなのか。なにがちがうのか。

――悠生にゼンのパートナーになってほしいからだ。

――ゼンがおまえを選んだんだ。

ふいに遥大の言葉を思い出し、即座に追い払う。苦い気持ちで手を引いた悠生は、ゼンとともに帰路についた。

「ご飯を食べたら、また資料室に行く？」

これには、かぶりを振る。焦ったところでしようがないし、今日はさっそく夕刻から警備の仕事が待っている。

「本当か？」

わかった、とゼン。

と同時にまた、ぐうと鳴った腹を押さえるゼンの睫毛の長さに目を留めた悠生は、一瞬意識を奪われたことにばつの悪さを覚えた。

遥大にまんまとのせられたような気がしているのが厭なのであって、獣人ハーフとかDom／Subといった面倒な要素はあっても、ゼン自身に対してはけしてマイナスな感情はない。

最初に助けられたというのを差し引いても、素直な性格には好感を抱いている。ゼンみたいなタイプに会ったことがないせいで、興味が先に立っているのかもしれないが。

「急ごう」

歩みを速める。自宅へ戻ってみると、ダイニングキッチンで遥大が待っていた。

「よかった。あと少しでお腹と背中がくっつくところだった」

昼食はきのこのパスタと、なんだかよくわからない野菜のサラダ。

できあいの弁当や惣菜の比率が多かった身には、手作りというだけでご馳走《ちそう》だ。

「さあ、ふたりとも手を洗ってきて」

「遥大」

ゼンが声を弾ませる。

「ゆっくんのお腹、ゼンより大きな音がするって」

まるで新しい発見でもした子ども同然の屈託のなさを見せるゼンに、遥大は相好を崩した。

「そういえば、そうだった。子どもの頃から、ぐるぐるって鳴ってたな」

「ゆっくんと一緒にいて、ゼンもそれ、聞く」

「よかったね」

ほほ笑みながらこちらへ視線を投げかけてくる遥大に、いまさら兄貴面かよと、ふいと顔を背けたのは反感からではなく、どうにも気恥ずかしかったからだ。

見透かされているようで面白くないというのもある。

「ゼン、手を洗おう」

先にダイニングキッチンを出た。

「ゆっくん」

追いかけてきたゼンと並んで手を洗う傍ら、奇妙な感覚の理由について考えた。十年ぶりに兄のことを思い出し、動いてみたらこうなった。少なくともあの時点では自分の意志だった。

この顛末《てんまつ》はあらかじめ用意されていたようだ、なんて普段の自分であれば笑い飛ばすようなことまで頭をよぎるのはなぜなのか、まだ判然としない。

そのうちわかるときがくるだろうか。あるいは、この感覚自体が思い違いなのか。

そんなことを考えながら、遥大とゼン、三人で食卓を囲むためにダイニングキッチンへ戻った。

監視塔から下りた悠生が背伸びをしながら、あくびをする。その横顔を見ているとつられてしまいそうになり、ゼンは口許へ手をやった。

「ふたりで交替とはいえ、一晩じゅう望遠鏡を覗き込んでいるだけっていうのもしんどいな。肩ががちがちだ」

悠生の初任務から数えて、今日がちょうど四度目だ。これで四度の警備を経験したことになるが、監視塔での見張り役は見廻りよりも退屈だ、と悠生は言う。

実際何事もなく終わる日がほとんどで、万が一に備えての警備なのだ。稀《まれ》とはいえ不可侵域の森で獣人の姿を目撃することがあり、あの日、悠生が襲われたときもそうで、たまたま監視塔にいたのが自分だった。

「ひ弱」

単に事実を言ったにすぎなかったのに、悠生の鼻に皺《しわ》が寄る。

「おまえが強すぎるんだよ。あっちじゃこれでも体力あるほうなんだ」

「なら、あっちの人間はみんなひ弱だ」

「遥大だって俺と似たようなもんだろ」

「遥大は、賢い」

いっそう不機嫌な顔をされても、なにが悪いのか自分にはよくわからない。ゆっくんはゼンをきっと気に入るよ、と遥大は言ってくれたが、とてもそんなふうには思えなかった。

「あー、はいはい。ゼンは遥大贔屓《びいき》だもんな」

もとより遥大は特別だ。遥大が来てから町は変わったし、誰にも相手にされず、独りぼっちだった自分を救ってくれた。

「家族だから」

へえ、と気のない返事をした悠生はそれ以上なにも言わず、ゼンも口を閉じて家路につく。

自宅へ到着したとき、早朝にもかかわらず遥大は不在で、テーブルの上には書き置きがあった。

「『急用で出てくる。パンケーキを焼いたけど、あたたかいうちに帰ってこられるよう祈ってる』」

書き置きを読み上げた悠生は、手をパンケーキの上にかざす。

「まだあたたかい。着替えをすませたら俺がコーヒー淹れるから、ゼンはパンケーキにバターを塗ってくれ」

「わかった」

いつもなら警備のあとは湯を浴びてから朝食だが、それではパンケーキが冷めてしまう。急いで手洗いと着替えをすませて、ふたたびダイニングキッチンへ戻ってみると、すでにコーヒーのいい匂いが漂っていた。

ほんのりあたたかいパンケーキにアイスをのせようとしたところ、悠生が慌てて止めてきた。

「朝からアイス？」

目を丸くした悠生に、アイスをのせつつ頷く。

「うまいから」

悠生のパンケーキにもとアイスをすくったが、両手を広げて止められた。

「うまいのに」

悠生のぶんまで自分の皿にのせ、向かい合ってテーブルについたあとはふたりでパンケーキを食べる。パンケーキとやわらかくなったアイスを一緒に口に放り込むと、舌の上で蕩《とろ》けて、甘さが口いっぱいに広がった。

「あ、薬飲まないと」

それでなくとも効きが悪くて服薬量を増やしている最中だ。悠生が近くにいるせいなのは、遥大に言われるまでもない。初めて会った日、やっと会えた嬉しさで昂揚して自制心を失って、身体も脳みそもおかしくなった。

遥大からいつも聞かされていた弟――「ゆっくん」にずっと憧れ、焦がれてきたが、いざ会ってみると想像以上だった。

悠生は背が高くて、整った顔立ちをしている。立ち姿が綺麗《きれい》だ。なによりちょっとした仕種《しぐさ》に色気があり、悠生を前にしていると抑制剤を飲んでいても心臓のあたりが苦しくなる。悠生と出会う前のほうがずっと楽だった。それでも傍にいたいと思うのは、きっと自分がSubで悠生がDomだからだ。

もちろんそれは願望で、人間の悠生は本来獣人の特性とは無縁だとわかっている。わかっていても、あきらめきれない。

悠生に自分を選んでほしいのだ。

焦らないでと遥大は言うけれど、本音はすぐにでも明確な答えが欲しくてたまらなかった。

「そういう目で見るのはやめてくれないか」

悠生の唐突な言葉に、手にしていた抑制剤が指の間から床へ滑り落ちる。

「そういうって」

悠生のことを考えていたからだとわかっているだけに恥ずかしくなり、はぐらかしつつ身を屈め、薬を拾い上げた。

「だから――」

一度そこで口を噤《つぐ》んでから、悠生は言いにくそうに先を続けた。

「俺が言いたいのは、兄貴がどんな話をしたとしても、すべて真に受ける必要ないってことだ」

自分は関係ないと言いたいのか。

ゼンに限れば遥大は正しい。獣人の特性を引き継いでいるし、抑制剤がないと普通の生活は営めない。それから、悠生を前にしたらおかしくなる。欲望に支配され、いつ自失するかわからない。

「遥大は間違ってない」

だが、この一言は悠生を不快にさせたらしい。

「自分の頭で考えろって言ってるんだ」

いつになく語調に険が混じる。

「考えてる。遥大はゼンの家族だ。家族を信じるのは当然」

「似非《えせ》家族だろ。おまえは兄貴にしか相手にされないから懐いているし、兄貴はおまえがはぐれ者だから可愛がっている、共依存みたいに俺には見える」

「ちがう！」

かあっと頭に血が上り、わけもわからず衝動のまま悠生に飛びかかった。椅子から立ち上がった悠生は避《よ》けようとしたのか、体勢を崩して床に手をつく。が、いまさら止まらず悠生を倒し、ゼンは馬乗りになった。

直後だ。

「ゼン、やめろ」

普段とはちがう、低く強い声に、ひゅっと喉が音を立てる。

身体の自由が奪われ、金縛りに遭ったかのように固まってしまう。初日と同じ――それ以上に熱のこもった視線で射貫かれた瞬間、背筋から脳天まで電流が駆け抜けた。

「……ゆっ……くん」

どうすればいいのか。考えようとしてもなにも浮かばない。頭のなかには靄《もや》がかかり、四肢は痺《しび》れている。呼吸は苦しくなり、鼓動は驚くほど速いリズムを刻み始めた。

抑制剤を飲み損ねたことを思い出しても、もはや後の祭りだ。

「遥大が……」

なによりいまは遥大がいない。遥大がいれば助けてくれるのに。

「残念。遥大はいない。俺だけだ。けど、ゼンは俺に逆らえないんじゃなかったか？」

「……っ」

そのとおりだ。こうなってしまうと、自分は悠生には逆らえない。もっと強い言葉で、態度で支配してほしくてたまらなくなる。

「俺の上から退いて、そこに座れ」

動くのすらつらかったが、同時にそれ以上の悦《よろこ》びを自覚していた。悠生の上から下りると、床の上に跪《ひざまず》く。

椅子に戻った悠生が、は、と笑った。

「なんだよ。あいつらは見るからに獣って感じなのに、おまえはまるで犬みたいだな。Ｓｔａｙ——ってか？」

「あ……」

初めて経験する、明確な愉悦《ゆえつ》が身体の奥からあふれ出る。どこもかしこも敏感になっていて、神経が剝き出しになっているかのような感覚だった。

「顎は上げて、目を伏せずに俺を見てろ。ちゃんと言うことを聞けたら、撫《な》でてやる」

陶酔というのはこういう感じなのかと、Ｓｕｂとしての悦びを身をもって味わう。

「そう。そのまま待てだ」

早く、早く撫でてほしい。悠生に撫でられた瞬間自分がどうなるか想像もできないだけに、それだけで頭がいっぱいになる。

「ふ……ぅ、ん」

「なんだよ。命じられただけで興奮してるって？」

早く早く早く！

「ゆ……」

いまの自分はきっと物欲しげで、だらしない顔をしているだろう。それを見られているのかと思えば——ぶるりと身体が震えた。

「ところでさ、セーラー服を着るのはなにか理由があるのか？」

「え」

なんでいまそんなことを聞くのか。じれったくて、頭はぼうっとしているが、悠生が答えろと言うなら答えないわけにはいかない。

「は、遥大が……似合うからって」

「そうだったな」

悠生が緩くかぶりを振った。

「それ、次からやめろ」

「……うん」

「あと、『ゆっくん』って呼ぶのも駄目だ」

「え……ゆっくん、なのに？」

「悠生って呼べ。俺の言うこと、聞けるよな」

「……聞ける。やめる」

「約束するか？」

「する」

床についた膝がいまにも頽《くずお》れそうだ。は、は、と短い息をつきながらかろうじて耐えているけれど、果たしていつまでもつか。

「なんだよ、これ」

悠生が熱のこもった目を眇《すが》め、片頬で笑った。

「引くほど興奮するな」

舌を覗かせると、ようやくこちらへ向かって手を伸ばしてくる。

「いいよ。撫でてやるからおいで」

指で手招きされ、すぐさま床の上を這《は》って悠生の足下に近づいた。すでに立ち上がるだけの力が入らず、気持ちばかりが急《せ》いてしまう。

「ゼン、いい子だな」

頭に手がのった。髪に指が絡んだ瞬間、脳天が甘く痺れ、恍惚《こうこつ》となった。

「いい子だから、俺が薬を飲ませてやる」

床に落ちていた抑制剤を悠生が拾い上げる。

「口を開けろ」

そう言うと人差し指ごとそれを口の中に入れてきた。

「ん……」

抑制剤は二の次になる。悠生の指に舌を絡め、音を立てて吸った。

「なんだ、指しゃぶりが好きなのか」

「うん、ん」

「仔犬《こいぬ》みたいだな」

ふ、と小さく笑う声が耳に届いた。悠生を見上げると、口許が綻んでいて、むしょうに嬉しくなる。

もっと笑ってほしくて懸命に指を舐《な》めていたゼンだが、知らず識らず身をくねらせていた。下着のなかで硬くなっている中心が擦れ、じれったさと心地よさを同時に味わう。

「い……」

いい子にするからもっと傍へ寄りたい、そう言いたくて唇を解いたのと、口から指が抜かれたのはほぼ同時だった。

「ゼン〜、悠生〜。急に悪かったね」

外出していた遥大が帰宅したようだ。だからといって平静に戻れるはずはなく、どうしようと目の前にいる悠生を見つめ、すがる。もっと褒めてほしい、触れてほしいという欲求は膨らむ一方だ。

きっと遥大は許してくれるはずだ。こうなっていると知れば、他の部屋で待ってくれるにちがいない。

が、悠生はそう思わなかったらしい。遥大の声を聞いた途端、椅子から立ち上がっていた。

「悠生、おまえに――」

ダイニングキッチンに入ってきた遥大はそこで言葉を切ると、申し訳なさそうに苦笑いで頭を搔いた。

「あー……間が悪かったか。ごめん。邪魔しちゃったね。あれだったら僕、書斎で待ってるから。終わったら呼んでくれたらいいし」

いまは遥大に答える余裕がない。どうにかしてまた悠生が椅子に戻ってくれないかとそれで頭はいっぱいで、他のことが二の次になる。でも、悠生にもうその気がなくなってしまったのは態度と表情で明らかだった。

「……べつに、邪魔なんかじゃねえよ」

ついさっきまで自分に向けられていた双眸《そうぼう》は、もう完全に離れている。確かにそこに感じていた熱も、いまやすっかり冷めてしまっていた。

「ゆっ……悠生」

呼びかけても同じだ。反して、自分のなかには強い欲求がくすぶったままだった。遥大が帰ってきたからといって冷静になんてなれない。悠生を意識して、ずっと目で追いかけてしまう。

「悠、せ」

名前を呼ぶと、はっきりと「終わりだ」と返ってきた。

「でも」

振り返ることなく、悠生がダイニングキッチンを出る。

「ゼンも、落ち着いたら書斎においで」

右手を顔の前にやって再度謝ってきた遥大もいなくなると、ひとり残されたゼンは欲求を持て余し、大きく息をついた。

「ゆっく……悠生、興奮してた」

また中心が硬く膨らんでいたのをはっきり目にした。Ｄｏｍ／Ｓｕｂは獣人の特性にもかかわらずなぜ悠生が――なんてどうでもいい。自分のことならよくわかっている。普段はなんとか平静を保てても、悠生の強い双眸にまっすぐ射貫かれると身体じゅうが痺れて言うことを聞かなくなる。悠生の命令は脳天まで蕩けさせる。

こういう感覚は初めてだ。

「もっと、したかった」

床から腰を上げたゼンは、興奮の冷めない身体を動かし立ち上がると、浴室へ向かった。水でも浴びなければ到底書斎に顔を出すなんてできそうにない。

身につけていた部屋着を脱ぎ捨て、ほてりを冷ますために冷たい水を頭から浴びる。そのまましばらくじっと待っていたものの、やはり先刻の感覚を忘れるのは難しかった。

時間がたっても水を浴びても、中心の熱は鎮まるどころかいっそう勃ち上がり、無視できないくらいになる。

すぐそこに悠生がいると思うだけで、目眩《めまい》すら覚える。

自然に手がそこへ向かった。

「あ」

——ゼン。

先刻のやりとりを脳裏で再現する。

一度目より二度目のいまのほうがずっと興奮した。

——俺の上から退いて、そこに座れ。

悠生の低い声、口調、熱いまなざし。

抑制剤が効かないのは当然だ。いくら遥大が作ってくれた薬でも、悠生相手に効くはずがない。

——ゼン、いい子だな。

——なんだ、指しゃぶりが好きなのか。仔犬みたいだな。

「ゆ……くん」

悠生の指の感触を思い出しながら達する。一度では足りず、二度続けて放った。無論満足にはほど遠いが、早く遥大と悠生が待っているだろう書斎に行かなければならない。

いまだぼんやりとしたまま浴室を出る。おぼつかない手つきで書斎の扉を開けると、遥大が満面の笑みで迎え入れてくれた。

「ゼンも来たね。じゃあ、ふたりとも聞いてくれるかな。この話をするのは、いまのタイミングが一番いいと思うんだ。今日は僕が邪魔しちゃったけど、これからふたりがそういう関係になっていくなかで、知っていて損はないしね。もっともこの件に関しては、僕も自力で得た情報でしかないから、間違っているところもあると思う。これから三人で協力していこう」

遥大はそんな前置きをしたあと、ボードを使って話し始める。

「コミュニケーション自体は本能に任せて愉しめばいいわけだけど、どうやらいくつか問題もあるようなんだ。望まない行為は互いを傷つけるだけだろ？　たとえばＤｏｍの無理強いが重なれば、Ｓｕｂはサブドロップといって心身ともに傷つき、ショック状態に陥る。そこで重要になるのがセーフワードだ」

遥大の説明はいつも丁寧で、理解しやすい。もっともいまの自分では半分も頭に入ってこないが。

「信頼関係が大事だからね。心ばかりか身体にも影響が出ることだから」

そこで言葉を切った遥大が、こちらへ視線を投げかけてきた。

「ゼン、どうしたの」

そう指摘され、無意識のうちに口に入れていた指を抜いて首を左右に振る。

「なんか、歯が疼《うず》いて」

「虫歯？　明日にでも歯医者さんに行きなよ」

「わかった」

どうやら、集中できていないと遥大には気づかれていたようだ。

「まだ話したいことはあるんだけど、詳細は悠生に説明しとこうか。疲れているみたいだから、ゼンは少し休むといいよ」

遥大の気遣いに、反射的に悠生を窺う。

悠生はなにも答えず、一点を見据えたままだ。

「……うん」

悠生と同じ空間にいる限りこの状態が続くのは明白なので、ひとり書斎を出て二階の自室へ戻る。

閉めたドアに背中をあずけると、はあ、と長い息を吐き出した。

そして、悠生について考えた。

大事な話だったはずなのにやはりろくに耳に入っておらず、頭のなかは悠生でいっぱいで、休むどころか少しも落ち着かない。

鼓動が大きく脈打ち、体温も上がっているのか身体じゅうが熱かった。毎日ちゃんと抑制剤を飲んでいるのに、どうにもならない。
疼く歯を舌先で擦りながら、その後も悶々《もんもん》とやり過ごすしかなかった。

黙って遥大の話を聞いていた悠生だが、自身が苛立っていることに気づいていた。

「ゼンには母親の記憶もないし、ずっと孤独だったんだ。家もなくて、ずっと野良犬みたいになんとか生きてきた。でも、町の人たちを責められない。人間と獣人は永らく争っていたから、みんなゼンが怖いんだよ」

むかむかする理由はいくつかある。

母親のいない幼いゼンを、町のみなが見て見ぬふりをしたという事実。それを責められないと言う遥大。

そして、遥大がなにを期待して自分にこんな話をするのか、それ自体にも。

Ｄｏｍとしてのおまえにしか用はないと言われているようで、気分が悪い。

「ゼンが大人になってからはなおさら顕著になった。そのうち獣になって人間を襲うんじゃないかって、本気で警戒している者もいるくらいだ。もちろん、そうじゃない人たちもいるとは思うけど」

なにより中途半端に関わってしまっている自分に対して、じりじりとした焦燥を感じている。その気がないなら、きっぱりと撥ねつけるべきなのに。

だが、先刻ゼンに対してこれまでに感じたことのない強い欲求を覚えたのは事実だった。

「………」

なにをやってるんだよと自身に呆れ、小さく舌打ちをしてから口を開いた。

「で、なんで兄貴はそんなに詳しいんだよ。柵やら監視塔やら作ったっていうのはまだしも、Ｓｕｂの抑制剤とかってどうなってるんだ」

明らかに実験体が必要だ。しかも獣人が素直に献体に応じるとは思えない。

一拍の間のあと、遥大は笑みを浮かべた。

「過去に二体ほど生け捕りにしたんだ。彼らには本当に感謝してる。環境の変化によるストレスのせいか、残念ながらどちらもまもなく亡くなってしまったけど」

それは笑顔で語っていい話なのか、と喉まで出かけた質問を呑み込む。兄を相手に正義を振りかざすつもりは毛頭なかった。

「それはそうと、カラーについてはすごく大事だから説明しとくね」

自分には関係ないという以前に、あらためて十年という歳月を実感したせいもある。悠生自身がそうだったように、遥大には遥大の十年があったのだ。

「カラーっていうのは、つまり首輪だ。ＤｏｍがＳｕｂに、この場合悠生がゼンにパートナー成立の証として送るものなんだ。結婚指輪の類とちがうのは、儀式的なもの以上に、カラーをつけたＳｕｂは精神的にはもちろん肉体も安定するんだ。ふたりにはなにより幸せなことだ。あ、急かしてるわけじゃないよ。悠生とゼンの気持ちが嚙《か》み合ったときじゃないと意味がないからね」

　これには思わず嗤ってしまう。

　単純な話なのに、遥大がぴんとこないのが不思議なくらいだ。

「嚙み合ったとき？　そんな日が一生来なかったら？」

「それは——」

　遥大が目を見開く。まるでたったいまその可能性に気づいたとでも言わんばかりだ。と思ったのは、どうやら当たっていたらしい。

「そうか……そうなる場合もあるのか」

　これ以上、この件について話をしていてもしようがない。用事が終わったのなら、さっさと出ていきたかった。

「で？」

　悠生は、遥大へ視線を向けた。

「もう終わったなら俺も部屋へ戻りたいんだけど。またこのあと、警備につかなきゃならないし」

　今日は見廻り役だ。

「待って。もうひとつある。僕が出かけていたのは、これができたからなんだ」

そう言って遥大がデスクの足下から取り出したのは、弓と矢筒だ。

「みんな猟銃やナイフを持って警備に当たってるだろ？　悠生にも武器が必要だと思って。弓ならゼンの後方支援にはもってこいだ」

憶えていたのか、と少なからず驚く。当時、遥大がアーチェリークラブに所属していたこともあって、自分もねだって週末にはよく連れていったもらった。遥大が消えたあとはアーチェリーから離れたものの、高校のときは弓道部に入り、内申のためとそれなりの成績を残した。が、これについては遥大が知る由はない。

「懐かしいだろ？　悠生は僕なんかより筋がよかったね」

「………」

口中で舌打ちをする。

いらねえよ、と突っぱねるのはあまりに感情的な気がした。確かに手ぶらでは心許ないし、弓なら猟銃やナイフよりずっと馴染《なじ》みがある。

「どうも」

弓と矢筒を受け取り、書斎をあとにして自室に戻る。それらを壁に立てかけ、ベッドに座って眺めた。

ここへ来てから、十二度目の朝だ。向こうと同じ数え方をするなら、十二日たったことになる。

この二週間足らずで少しずつ戸惑いが薄れていくにつれ、無駄に考える時間ばかりが増えていった。

遥大のこと。自分のこと。昔のこと。

なによりゼンのこと。

ゼンのパートナーだと言われてもすんなり受け入れられないが、あれこれ反論したところで無意味だというのもわかっている。そもそもこの場にいる、それ自体が非常事態なので、いちいち疑問を持ったところでしようがないだろう。

少なくともそう思おうと努力しているし、正直なところを言えば——先刻の出来事は朝っぱらにもかかわらずひどく興奮した。

跪くゼンを前にして、なんとも表現しがたい衝動がこみ上げてきた。Ｄｏｍ／Ｓｕｂなんて理解できないし、する気もないとはいえ、自分がまぎれもなく抱いた欲に関しては認めるしかない。

思い出すとまたおかしな気分になりそうで、無理やりゼンの顔を頭から追い出す。すぐにノックの音がして、悠生はのそりと腰を上げた。

てっきり遥大かと思えば、そこにいたのはゼンだった。

「弓の、練習したほうがいいんじゃないかって、遥大が」

ゼンの視線がベッドを捉えたのがわかり、ほんの一瞬、返答を躊躇う。

また遥大のよけいな気遣いかと思うと苦い気持ちになったものの、固辞するのはいかにも子どもっぽい。

「——下で待っててくれ」

わかったと答えたゼンが去ってから、大きくかぶりを振る。弓と矢筒を手にして階下に下りてみると、そこにはゼンと一緒に遥大もいた。

「なんだか、わくわくするな」

遥大はやけに愉しそうだ。三人で連れ立って家を出て、まっすぐ倉庫へ向かう間も昔一緒にやったアーチェリーの話を嬉しそうにする。

相槌《あいづち》を打つゼンの隣で、悠生は空を仰いだ。

ここに来てからずっと快晴だ。乾いた風が心地よく、長袖のシャツ一枚でちょうどいい。一年じゅう温暖なのか、それとも季節的なものなのか知らないが、じつに平穏だ。獣人が近くをうろついているというのが信じられないくらいに。

自分が襲われていなければ、獣人なんてと失笑したかもしれない。

それなりに順応しているらしいと、他人事のように自己分析する。もしかしたら向こうにいたときより肩の力が抜けているかもしれない、と。

「優等生」を演じていても、本来はずっと怒りや不満を抱えた人間であるのは自分自身が一番よく知っている。少なくとも苛立ったり、欲望に抗えなくなったりしたのはこちらへ来てからで、これまでそういう部分はうまくコントロールしてきた。

「こっち」

ガレージドアをくぐり、遥大に連れられるまま奥へと向かう。事務所を通り過ぎてさらに足を進めたところ、そこは広々とした道場になっていて、自警団のメンバー数人が汗を流していた。

砂を詰めたらしいサンドバッグで蹴りの稽古をする者や、ナイフを自在に操る者、マットで組み合っている者、悠生と同じように弓を構える者もいる。

隅には巻《ま》き藁《わら》、弓の的もあった。

「お疲れ様です」

みなが動作を止めて遥大に挨拶をし、遥大も笑顔で返す。

「うちの弟も練習させてもらえるかな」

もちろんですと快諾するみなに、一応悠生も会釈《えしゃく》をしつつ内心では嫌みのひとつもぶつけてやりたかった。

というのも、やはりゼンには警戒心をあらわにするのだ。

ぎこちない態度には、いいかげんうんざりしてくる。あからさまに邪険にする者のほうがまだマシに思える。

ゼン自身にも打ち解けようとする気はまるでないとはいえ、周りはゼンの境遇を汲《く》むべきだろう。

「悠生、そこに向かって射ってみて」

見て見ぬふりを決め込んでいる遥大もどうかと思う。たとえ上っ面で仲を取り持っても意味がないとの考えからだとしても、だ。

背中に背負った矢筒から矢を一本抜き取った悠生は、無言で弓を構える。

「久しぶりなんだろ？　頑張って」

遥大の応援を無視して雑念まみれで弓を引き絞り、的から大きくそれた場所へと矢を放った。

「わ」

布製のサンドバッグに突き刺さり、中に詰まっていた砂がざっと落ちて床に広がる。

「なにやってるんだ。下手くそ！」

「気をつけろよ！」

もとより故意にやったことなので、口々に責められて作り笑いで口先だけの謝罪をした。

「悪い。手が滑った」

ガキくさい抗議はこれで終わりにするつもりでいたのに、いまのいままで周囲には目もくれなかったゼンがいきなり嚙みついた。

「悠生は下手くそじゃない！」

飛びかかりそうな勢いのゼンの肩に手を置き、大丈夫だと宥《なだ》める。ゼンが本気で怒っていることは、手のひらから伝わってきた。

「いいから、続きをさせてくれ」

「……わかった」

不本意そうではあるものの、ゼンが退くのを見計らい、二本目の矢を手にする。

ち、と相手の舌打ちは聞こえなかったふりをして、数メートル先の的に記された赤い丸を狙って放った。ボスっと鈍い音とともに赤い丸の真ん中に矢が突き刺さる。高さは、およそ獣人の喉元になるだろう。

「すごい、ゆっ……悠生！　ぜんぜん衰えてない」

すかさず手を叩いた遥大に、ゼンも倣う。

「すごい、ゆっくん」

頬を紅潮させて大げさに喜ぶふたりに照れくさくなり、あえて真顔を貫いた。

「高校のとき弓道部だったんだよ」

これくらいは当然だという意味でそう言っても、ますますふたりを喜ばせるだけだったが、開き直る役には立った。

まぐれと言われないよう、意識を的に集中させ、三本目は同じ場所を狙って放つ。二本目のすぐ傍、今度も赤い丸の中を射貫いたことを確認し、満足して息をついた悠生は一本目の非をあらためて謝り、ゼンを誘って練習場を離れた。

「ゆっくん、格好よかった」

よくも悪くもゼンは素直な性分だ。嬉しければ顔に出るし、腹が立てば怒る。拗《す》ねたときも、尖った唇ですぐに察せられる。いまのような笑顔をみなにも向ければ多少は関係が変わるのではないかと思うが、実際はそう単純な話でもないのだろう。

「まあでも、実践で使いものになるかどうかはべつの話だけどな」

これについては、言葉どおりだった。当たり前だが生き物を射た経験は皆無なので、いざその段になってうまくできるかどうかまるで自信がない。かといって、役立たずのままではあまりに情けなかった。

「ゼンは、誰かに習ったのか？」

ゼンの刀捌《さば》きは鮮やかだった。一片の迷いもなく振るい、あの強靱《きょうじん》な獣人を一太刀《ひとたち》で退けたのだ。

ゼンが首を横に振った。

「子どもの頃から枝を刀代わりにしていただけ。ネズミを捕ったり、もっと大きい生き物も——一度獣人にも遭遇した」

「いくつのとき？」

「さあ。遥大と会うより前だし、ちゃんとは憶えてない」

「………」

あまりに悲惨な境遇に絶句する。野良犬同然の生活を強いられていたあげく、子どもが獣人に遭遇して命があったことが奇跡に等しい。

ゼンが遥大に心酔している理由もようやくわかる。遥大こそがゼンに人間らしい暮らしを与えたのだ。

「つらかったな」

なんの慰めにもならないと承知していながら思わずそう言うと、ゼンはひょいと肩をすくめてみせた。

「そうでもない。俺にはそれが普通だったから」

なんて台詞だ。

いまだゼンを疎んじている町の人たちには不快感を覚える。あとからやってきて数日過ごしただけの自分が口を挟む権利などないとわかっていても、なにを考えているんだと問《と》い質《ただ》したくなる。

「……そうか」

ゼンの頭に一度手をのせる。

同情するのは簡単だが、それがなんの役に立つだろう。過去は消せないし、現在もゼンが煙たがられているのはまぎれもない事実だ。

「……俺、ゆっくんに……あ、悠生に頭撫でてもらうの、好き」

頰を赤らめるゼンを前にして、なにも感じずにいるほうが難しかった。生い立ちを考えれば、ゼンの素直さは驚きでしかない。本来なら自身の出自を、町の人たちを恨んでもおかしくないのだ。

「呼びやすいなら、ゆっくんでいいよ。ただしふたりきりのときだけな」

そう言ってまた頭を撫でると、ゼンが目を輝かせる。

「わかった。ふたりきりのときだけ、ゆっくんて呼ぶ」

話していてこちらが気恥ずかしくなるほどだ。

「まあ」

悠生は平静を装い、一度咳払《せきばら》いをした。

「とりあえず、こんなものまで用意してもらった以上足手まといにならないよう努力するよ」

武器を使用する機会などないのが一番だが、不可侵域が侵されるケースが少なからずあるのなら、問題は深刻だ。それをきっかけに先方と拗《こじ》れ、一方的に協定を破棄される可能性もある。

「奴らの弱点は？」

駄目もとで聞いたところ、案の定の答えが返ってきた。

「奴らは森の向こう側に集団で住んでる。夜行性で力が強く、気性が荒い。一夫多妻で、ひとりのＤｏｍに複数のＳｕｂがいる」

獣人に弱点はない、もしくは知らないということだ。

「人間の敵。それで十分」

確かにそうかもしれない。協定が守られているなら自警団など必要なく、武器を手にすることもないのだ。

「ゼンは——あいつらを斬ることに抵抗はないのか？」

言葉にしたあとで、自分の無神経さに気づく。

ゼンは即答した。

「ない」

まっすぐな性格同様、力強い声音にはいっそ感嘆すら覚える。なにがゼンをこれほどまで強くさせているのか、ただ確かめたくなる。

「ゆっくんは、ゼンのこと嫌い？」

唐突な問いかけに、ゼンを窺った。

ゼンは目線を足下へ落としたまま、しきりにシャツの裾を指で弄っている。唇を尖らせて。

「……いや。そんなことはない」

嫌いになるほどまだ互いを知らない、というべきか。でも、それはお互い様だ。

さらにゼンは言葉を重ねる。

「じゃあ、怖い？」

ようやくゼンの意図に気づく。ようするに獣人の血が流れているというだけで嫌われ、恐れられるには十分な理由だとゼンは思っているらしい。斬ることに抵抗がないのかと、先ほどの質問も影響したのだろう。

「嫌いでも怖くもない」

「ほんとに？」

「ああ」

ゼンの顔にあからさまに安堵が浮かぶ。

「なら、俺ともコミュニケーションできる？」

しかし、ここまでだ。いじらしいとか可愛いとか、湧き上がりかけたそういう気持ちが一気に引く。

「コミュニケーション、か」

わざと半笑いで返した。

しかも、「俺とも」だ。

「悪いけど、そういうのに俺を巻き込んでほしくないかな」

今後も、と続ける。

軽い関係は獣人の血に限らないし、それについてとやかく言うほど清廉潔白でもなかった。悠生自身も誘われれば拒まなかった、どころかその場限りの相手を求めた時期もあった。気晴らしにすらならなかったが。

ゼンが肩を落とす。その姿を前にすると胸が痛んだけれど、言い訳はせずに歩を進めた。

「……ゆっくん」

「ひとりにしてくれないか」

ゼンが逆らわないと承知で突き放す。思ったとおりその場で立ち止まったゼンに引き返したい心地になりつつも、そうしなかった。ようは八つ当たりだ。いつもどおりの作り笑いで上辺だけ取り繕えばいいと思うのに、ゼン相手ではうまくいかない。まっすぐな双眸の前では通用しないとわかっているからだ。

おそらくゼンはいま、なにがいけなかったのかと考え、項垂《うなだ》れているだろう。

……なにやってるんだよ。

自己嫌悪に駆られつつも足を止めなかった。唇を引き結んだまま、悠生はゼンを置き去りにした。

# ZEN

ひとり家に帰ったゼンは、両手でこめかみを押さえた。自分のせいで悠生を不快にさせたのは確かだが、困ったことにいくら考えてもなにが悪かったのか見当もつかない。

ずいぶんたって帰宅した悠生は、その後自室にこもったので謝る機会もなく、結局顔を合わせたのは夕刻になってからだった。

食事の間も気まずい雰囲気は変わらず、当然遥大は気づいただろう。どうしたのか詮索することなく普段どおり接してくれたおかげでその場はなんとかやりすごせたが——ふたりきりの見廻りとなると元《もと》の木阿弥《もくあみ》だ。

警備に集中すべきだとわかっていても、どうしたって悠生に意識が向かう。重い空気のなかオイルランプを手にして見廻りを続けていたが、すっかり暗くなった頃、はあ、と悠生がため息をついた。

「よけいに落ち込むから、そういう目で見ないでくれないか」

てっきり叱られるとばかり思って慌てて唇を引き結んだのに、予想に反して悠生の声音は穏やかだ。それどころか、悪かったと謝ってくる。

「なんで？　俺のせいで怒ってたはずじゃ……」

謝られる理由がないと首を横に振る。

「イラッとしたからって八つ当たりしたのは、俺だろ？」

言葉どおり、悠生の声音にはばつの悪さが滲んでいた。ランプに浮かび上がった顔も同じで、本心からだと伝わってきた。

「でも、それは俺にイラッとしたからで」

他者を苛立たせることに関してなら、右に出る者はいないといってもいい。子どもの頃からみな、自分を見ると顔を歪《ゆが》ませ、向こうへ行けと追い立てた。

悠生が苛立つのはしようがない。

「いや、ゼンの事情を聞いていたにもかかわらず、感情的になった」

「感情的？」

ああ、と悠生が顎を引く。

「大勢のなかのひとりって扱いをされて、こんなに面白くないなんて」

ふいと顔を背けた悠生に、すぐには返事をせずに考える。本当は「どうして」と聞きたいけれど、そうしてしまえばきっと先刻の二の舞だ。

よく考えてと常日頃遥大が教えるように、ちゃんと考えて言葉を選ばなければ。

「悠生が、困ると思って」

悩んだすえ、それだけ口にした。自分の相手は悠生ひとりいればいいと言いたかったが、その勇気はない。

みなそれぞれ個性や考え方があって、当たり前のように尊重されるべきだと遥大は言った。

それはゼンにも当てはまることだよ、と。

果たして悠生はなんと答えるか、身構えていたが、投げかけられたのは思いがけない一言だった。

「今日はセーラー服じゃないんだな」

「え、あ……だって、やめろって言われたから」

今日は自警団の制服を着ている。首にオレンジのスカーフ、肩口にはポート自警団のエンブレムをつけ、長いことしまい込んでいたせいで皺になっていたところにはアイロンをかけた。

——悠生が駄目だって。

そう言うと遥大は「そっか」と笑った。「一歩前進だね」と言って。

遥大には黙って頷いたものの、前進かどうかは自分では判断できない。セーラー服でなくとも悠生を不快にさせているし、なにを着ようが結局同じではないかと、そんな気がしている。

「そうだな。俺が着るなって言った。正直ゼンのそういうところは可愛いと思うのに——

俺はDom／Subってヤツが気に入らないんだ。カテゴライズというか、決めつけるのはどうなんだって。俺が意固地になってるってわかっててもな」

「可愛い」と「気に入らない」ふたつの単語が脳内で反芻される。どう受け止めていいのかわからず、さらなる言葉を求めて悠生を見た。

「つまり」

つまり？

だが、悠生が答えをくれることはなかった。喚声《かんせい》に掻き消されたのだ。それは監視塔の付近からで、なにが起こったのかは明白だ。

「ただ事じゃないな」

声のしたほうへ意識を向けた悠生に、

「たぶん獣人」

一言返すと同時にゼンは駆け出した。

まもなく、灯《とも》りの点った監視塔の下に立つ男の姿を視界に捉える。ひとりだ。もうひとりの相棒はどこにいるのか。走りながら目を凝らしてすぐ、彼を認識した。

出入り口の扉に挟まれているのだ。

その向こうに見える大きな黒い影。あれは獣人だ。

どうやら柵の外に引きずり出そうとしているようだ。森のなかをうろつく獣人を見ることは少なからずあるとはいえ、柵の傍までやってくるのは初めてだ。

引きずられまいと当人も相棒も必死で抵抗しているが、一対二でも獣人の力には到底敵わない。まとめて引きずり出されるか、それとも身体が半分に引き裂かれるかは、もはや時間の問題だろう。

「わぁぁ！　誰か……誰か来てくれっ」

ふたりともパニックに陥っている。

肩越しに振り返ると、悠生が弓を構えるのが見えた。しかし、暗くて視界が悪いうえに人間と獣人の距離が近いとなると、弓を命中させるのは難しい。おそらく悠生は躊躇っているはずだ。

そのまま走り続けたゼンは勢いをつけて地面を蹴り、一度金属の蝶番《ちょうつがい》に爪先をかけて弾みをつけると柵を跳び越えた。

と同時に背中の刀を抜いて振りかぶり、そのまま重力に従って着地する。両足で地面を踏みしめた瞬間、獣人は獣の咆哮を上げ、ふらふらとよろめきながら後退りし、どさりと仰向けに倒れた。

悠生の矢だ。

顔に飛び散った血を手のひらで拭いながら、獣人の肩に突き刺さった矢に気づく。

「なにがあった」

ようやく騒ぎを聞きつけた他の自警団の者も集まってくる。興奮状態にあるふたりの説明によれば、どうやら獣人の罠に嵌まったらしい。

要約するとこうだ。ひとりが柵の傍で倒れていた獣人を見つけたが、いつまでたってもぴくりとも動かず、瀕死、もしくは死体に見えた。確認しようと扉を開けたところ、突然起き上がった獣人に襲われたという。

彼らの話を聞いたみなは、おそらく同じことを考えているはずだ。獣人にそれだけの知能があったのか。このタイミングで実行したのはなんらかの意図があるのか。

一方でゼンは、別のことに注目していた。

獣人の力をもってすれば、自分たちが到着する前にふたりを切り裂くことは容易かったはずだ。それをせずに柵の外へ連れ出そうとしたのは、捕らえるために他ならない。

なんの目的で？

「ゼンも早くこっちへ」

病院へ向かうふたりを見送ったあと、柵の向こうから悠生が声をかけてきた。

「でも、こいつ意識はないけど、まだ息があるみたい」

微かに胸が上下している。きっと遥大が喜ぶだろう。遥大が来るのを待っていると、まもなく数人の部下をともなって現れた。

「まだ生きてる」

気をつけてと注意を促す。

「ほんと?」

獣人の息があることを知った遥大は思ったとおり喜び、獣人をストレッチャーに拘束すると、部下に中へ運び入れるよう指示する。

「お手柄だね、ゼン」

「悠生だ。悠生の矢が当たって、獣人の気がそれたから」

自分が褒められるよりも誇らしい気持ちになり、頬が緩んだ。暗がりのなか、的を定めて射貫くなど、悠生だからできたことだ。腕前という以前に、たいがいの者なら獣人を前にすると萎縮する。

「じゃあ、ふたりのお手柄だね」

遥大の言葉に、悠生を窺った。

悠生は、自分は無関係だとばかりに知らん顔をしている。

そうだった。ゆっくんはイラッとするって言ってたんだ。

悠生の様子でそれを思い出した途端に嬉しさは消え、消沈したゼンは無言で刀を鞘へおさめた。

「ああ、汚れちゃったな。見廻りは誰かに代わってもらえばいいから、ゼンは血をどうにかしないと。悠生、ゼンをお願い」

遥大にそう言われた悠生が思案のそぶりを見せたのは一瞬で、承知し、先に歩きだす。まだ悠生を苛立たせた理由を理解していない以上なにも言えず、口を噤んだままゼンはおとなしく後ろをついていった。

「刀を振るうのを見たのは二度目だけど、やっぱりすごいな。これじゃ、後方支援なんか必要ない」

ふと、悠生が半笑いでそう言った。

明日からまたひとりで行動しろという意味か。

「そんなことない。いまうまくいったのは悠生のおかげ。それに、やられるときもあるし」

せっかく悠生と相棒になれたのに、またひとりにはなりたくない。その一心で言い訳をする。

「やられるって?」

「前に腕を骨折して、何日も警備を休んだ。打撲なんかしょっちゅうだし」

相手は自分よりずっと力がある。いったん捕まれば対処のしようがない。どれほど抵抗しようと力でねじ伏せられる。

骨折ですんだのはむしろ幸運だった。

「悪い。無神経なこと言った」

悠生の謝罪に、ゼンはかぶりを振る。

「謝る必要なんてない。悠生がいてくれて心強いって言いたかっただけ」

「いや、いまのはどう考えても俺が悪い。いくら強くたって不死身じゃないもんな。普通に怪我もすれば死に至る危険性だってあるのに、ひとりで大丈夫みたいな言い方をするなんて最悪だろ。ゼンが怪我をしないよう、これからは俺が全力でフォローするって言うべきだった」

「――」

予想だにしなかった悠生の言葉に、唇に歯を立てる。胸の奥から得体の知れない熱いものがこみ上げてきて、なにも言葉が浮かばなかった。

家に着く。玄関の扉を開けて中へと入った途端、わ、と悠生が声を上げた。なぜなのか、問うまでもない。ゼンが全身に浴びた獣人の血に驚いたのだ。

「明るいところで見ると凄《すさ》まじいな。ゼン、浴室に直行」

慌てる悠生を前に、ゼンは手を胸に押し当てる。しかし、なんの効果もなく、熱いなにかは次から次にあふれ、身体じゅうに広がっていった。

遥大が家族になろうと言ってくれたときに似ているが、明確なちがいがある。あのときはやわらかであたたかい感情だったが――いまはこんなにも熱く、指先まで燃えるような感覚だ。

と思うのに、もはや自制するのは難しかった。

「ゼン……ゆっくんのこと、好き」

制服のスラックスをぎゅっと握り、その場に立ち尽くす。こんなこと言うべきではない

怪訝な顔をされても、どうしようもない。

「ゼン？」

「俺を普通って、全力でフォローするって言ってくれたの、ゆっくんだけ」

ひとつわかっているのは、こういう場面にもかかわらずひどく興奮していることだ。命令もなにもされていないのに、と思うが、いまはしようがない。悠生が目の前にいて、他の誰も言ってくれなかった言葉をくれたのだから。

「ゼン」

自分の名前を呼んだ悠生の声も、これまでとはまるでちがって聞こえる。

「もしかして、やらしい気分になってるのか？」

見つめられると、身体じゅうどこにも力が入らなくなった。

「だ……って」

「血の匂いに興奮したって？　変態だな」

「ちが……」

悠生の指摘どおり、獣人の血を浴びたことによる影響は否めない。だが、こうなってし

まう原因は、やはり悠生だ。

悠生の一言、それ以上に自分に向けられる視線、普段よりもやや低い声、口調に否応なく触発される。

「ゆ、くん」

「けど、俺はどこのどいつかわからない奴の血に触るなんてごめんだ。頭から足の爪先まで綺麗にしてからだ」

綺麗にしたら、触ってくれるという意味だろうか。

「う、ん」

「そんなに待たせるなよ」

「うん」

悠生に少しでも好かれたいと思っているのは本当でも、ひとたび命じられると、身体の奥底から悦びがこみ上げてくる。欲望が勝れば、他のことが二の次になる。悠生がどう思っているのかは知らないが、これは本能であり、まぎれもなく自身の感情だ。

バスルームへ向かい、息を弾ませながら血を洗い流す。綺麗にしてこいと命じられたので、早く悠生のもとへ戻りたい気持ちをぐっと堪《こら》え、身体の隅々までごしごしと洗っていった。

足の指の間を洗っていたとき、浴室の扉が開いた。

「……え」

まさかの事態に唖然となる。しかも悠生は裸だ。

「あ、すぐ出る」

慌てて目を伏せてそう言ったが、構わず悠生は狭い浴室に入ってくる。そればかりか胸に触れてきたので、頭のなかがぐちゃぐちゃぐちゃになった。

「遅いから、俺が洗ってやるよ」

「え……だいじょ、ぶ。自分で、できる」

悠生の手をわずらわせたくないという以上に、不安になった。Ｄｏｍ／Ｓｕｂが気に入らないと言った悠生に、その嫌いな自分をさらしてしまう。そう思って恐くなったのだ。

しかし、〝Ｓｔａｙ〟の一言でその場から動けなくなった。

「そうだな。今日頑張ったご褒美だと思えばいい」

嬉しいだろ？　と悠生が耳元に囁《ささや》いてきて、ぶるりと背筋が震えた。四肢の力が抜け、いまにもしゃがみ込みそうになる。必死で足を踏ん張っているのは、悠生からの指示がまだだからに他ならない。

そのまま大きな手のひらが胸を撫で始める。ただでさえ興奮状態にあるのに、これほど近くで悠生を感じ、直接肌に触れられると我慢などできるはずがなかった。

「ゆ、く……ん」

「乳首が立ってきた。ゼン、乳首で気持ちよくなるのか」

「うん……っ」

膝が震えだし、全身が燃えるように熱くなる。これ以上はもう無理だ。

「気持……ちよくて……立ってられな」

自然に悠生の肩に額をくっつけ、凭《もた》れる格好になった。なにも言われないのをいいことにそのまま抱きつこうとしたとき、

「まだ駄目」

無情な一言が投げかけられる。

「……でも」

悠生の命令は絶対だ。駄目と言われれば、我慢するしかない。抱きつかないよう両手を握り締めて耐える。

「そうだな。乳首だけでいったら、俺に触ってもいいことにしようか」

そんなの、無理に決まっている。自分で慰める際に胸を触ったことがないので、刺激を受けるのは今日が初めてなのだ。

許してほしくて、すんと鼻を鳴らす。

「できるよな」

その一言とともに、きゅっと指で乳首を抓《つね》られた。

「……あ」

直後、脳天まで痺れが駆け抜け、背筋をしならせる。それと同時に一度も触れられていないにもかかわらず吐精していた。

あまりに呆気《あっけ》なかった自分が恥ずかしくて頬が熱くなる一方で、うまくできたら抱きついていいと言われたあの言葉に期待が膨らむ。許可を求めて悠生を見つめると、笑みとともに「いいよ」と返ってきた。

「ゆっくん」

両腕を首に回して抱きつく。たったいま達したはずの中心は、萎えるどころかいっそう硬く勃ち上がっていた。初めて悠生と肌を合わせるのだから当然と言えば当然で、これまで味わったことのない甘く滴る蜜のような陶酔にゼンは浸った。

「……ひゃ」

悠生の指に尻の狭間を撫でられ、おかしな声が出る。びくりと肩を跳ねさせても指は去らず、後孔にまで触れてきた。

「うぅ、ん」

「ここ、使うんだろ?」

「あ……そう、だけど」

「俺は初めてだから、どうやるのか見せてくれ」

「………」

羞恥心はまだある。でも、それ以上に悠生への欲望が強いせいで躊躇いなど微塵も湧かなかった。

悠生の言葉は絶対だ。

「できるよな?」

「できる」

悠生が身体を離す。名残惜《なごりお》しくても、先へ進むためにはしようがない。足をバスタブの縁にのせたゼンは、ボディソープの横にあるジェルを手のひらで受けると、それで指まで濡《ぬ》らし、後ろへ滑らせていった。

「マッサージ用って書いてあるけど、こういう使い方していたってわけか」

ボトルをチェックした悠生が揶揄《やゆ》してくる。

事実なので、認めるしかない。

「ときどき」

第二次性徴の遅れを、遥大は幸いだと言っていた。できるだけ遅らせようと、遥大が既存の薬剤から作った抑制剤は、初期の頃こそ副反応が強く出て大変な思いもしたが、改良をくり返してくれたおかげでうまくマッチした。

悠生が現れるまでは。

悠生相手では、抑制剤がまるで役に立たない。悠生は人間なのにどうしてなのか問うても、遥大にもはっきり理由はわからないと言った。Ｓｕｂに引きずられて、後天的なＤｏｍになることが果たしてあり得るのかどうか、情報が少なすぎると。

ゼンと悠生は波長が合うのだろうという一言は、単純に嬉しかった。

どうか悠生がＤｏｍでありますように。もしちがうなら、そうなりますように。

ずっと願っていることを、いままた願う。

「ゆ……くん」

以前から悠生の話はよく聞いていた。見た目や性格はもとより、なにが好きでなにが嫌いか。

——ゆっくんとある村に行ったとき、小さな子どもと会ったんだ。僕はね、あれはゼンだったと思ってる。あっちとこっちが一瞬繋がったんだ。だからきっとまたゼンは悠生と会えるよ。

遥大にとっては思い出話の延長だったかもしれない。けれど、自分はそれではすまなくなった。第二次性徴を迎える前から、顔も知らない「悠生」の名前を呼び、自慰に耽る癖がついてしまった。なんて打ち明けたなら悠生は呆れるだろうか。

「……あ」

後孔に中指をもぐり込ませ、浅い場所で抽挿してから奥まで挿《い》れる。悠生の熱い視線を感じると、羞恥心も戸惑いも泡みたいに消えてしまう。

「あ、あ……いい」

内側の性感帯を指で擦り立てる。そのたびに濡れた音が浴室に響くせいで止められなくなり、いっそう速いリズムで指を動かした。

「抑制剤、飲んでるんだろ？」

首を上下に動かす。

本当はそれどころでないほど追い詰められているけれど、悠生の質問を聞き流すことはできない。

「は、飲んでてそれか」

悠生の喉が小さく鳴った。

反射的にそこへ目をやったゼンは、湯気と涙で曖昧になった視界のなか、あらためて目にした体軀に、ほうと吐息を漏らしていた。

自分より頭半分背が高い悠生は、細身であっても肩幅や胸には相応の厚みがある。引き締まった腹、そして、硬くそそり立っている悠生自身。

じわり、と口中に唾液があふれてくるのがわかった。

「涎《よだれ》、垂れてる」

悠生にそう言われ、慌てて手で拭う。すぐにまた垂れたので、どうせ切りがないとあきらめてそのままにした。

「涎垂らすほど、期待してるって？」

もちろんそうだ。ここで放り出されたら、きっと気がおかしくなるにちがいない。

「どうしたい？」

「言って、いい？」

「ああ」

許しをもらい、欲望に任せて答えた。

「ゆっくんの、舐めたい。口の中にも、ここにもいっぱい出してほしい」

いっそう脚を開いて後孔をあらわにする。いまにも達してしまいそうだが、懸命に我慢しているのは悠生のものが欲しいという一心からだった。

そして、そのあとが肝心だ。

「うまくできたら、褒めてほしい」

悠生に頭を撫でられると天にも昇る心地になる。悠生は他の誰ともちがうと、このことひとつでも明白だ。

「欲張りだな、ゼン」

ふ、と悠生が笑みを浮かべた。

「だ……て、言っても、いいって」

望みすぎたか。でも、それこそが本心だ。悠生に組み敷かれ、支配されたい。どろどろになるまで犯してほしい。

ずっとそれを夢見てきたのだ。本人に会ってからは、頭を撫でて褒められたいという欲求まで芽生えてしまった。

「そうだな。じゃあ、口で奉仕してもらうか」

その言葉を聞き、自慰を中断して悠生の前に膝をつく。このときをどれだけ待っていたか、咥《くわ》える前から目眩がするほどだった。

「ゆっくんの、すごい」

腹を叩く勢いの屹立《きつりつ》をじっと観察してから、舌を伸ばす。なめらかな舌触りと甘い蜜を一度味わうと、わずかに残っていた忍耐力が一瞬にして吹き飛んだ。

「……んっ」

深く口中に迎え入れ、舌を絡める。時折甘噛みしつつ、喉の奥を開いて愛撫した。息を乱す悠生に、夢中で口淫する。

「ん、ぅんっ」

「……ゼン」

両手で頭を掴まれる。かと思うと悠生が激しく突き入れ始め、苦しさに何度もえずいた。涙や鼻水があふれ、呼吸すらままならなくなったゼンは、悠生の欲望を実感して身体の隅々まで悦びが満ちていくのをはっきりと実感していた。

「いっぱい出してやるから、こぼすなよ」

これまで以上に強く頭を引き寄せられ、奥まで悠生が挿入してきた。

「うえ」

直後、熱い迸《ほとばし》りが喉に叩きつけられる。

ゆっくんの、だ。

吐き出された精液を飲み下し、恍惚となるなか、自身もまた二度目の精を放っていた。

口中でゆっくり何度か動かしたあと、悠生が身を退く。反射的に追いすがって舌を伸ばしたところ、ぴんと額を小突かれた。

「尻にも出してほしいんだろ？」

額に手をやったゼンは、悠生を見上げる。

「ほしい」

言い終わったときには、悠生の気が変わらないうちにと壁に手をつき、腰を突き出す格好をとった。

が、背後から腰に手を回してきた悠生にそのまま抱え上げられ、浴室を出て二階の部屋へ移動する。

「また兄貴の邪魔が入るかもしれないしな」

ベッドに下ろされたゼンは、悠生が抽斗《ひきだし》から弓弦に使う麻紐《あさひも》を取り出し、ドアレバーとベッドの脚に結わえるのを黙って見ていた。

「遥大、部屋に入れなくなった」

口にすると、ふたりきりだというのをいまさらながらに意識して、ただでさえ高鳴っていた鼓動が痛いほどになる。

「俺だけじゃ不満?」

まさか。そんなことあり得ない。

「ゆっくんと、俺だけでいい」

正直な気持ちだ。遥大から悠生の話を聞くたび焦がれ、会ってからは想いが募っていくばかりなのだ。

「本当に?」

悠生が膝でベッドにのってくる。

仰臥《ぎょうが》したゼンは脚を開きながら、上目遣いで悠生を見た。

「うん……ゆっくんが、いい」

これ以上待たされたくない。もし遥大が帰ってきたとしても、二度と中断されたくなかった。一刻も早く悠生に抱いてほしい。身の内で悠生を感じたい。あるのはそれだけだ。

「ゆ、くん」

自身の性器を手で押さえ、腰を上げて挿入しやすい体勢をとる。気が焦るばかりでうまく誘えているかどうかもわからない。

「そんな顔しなくても、やめないから安心しろ」

悠生はひとつ息をつくと、身体を倒し、待ち望んで疼いているそこに自身を押し当てた。

「あ――」

入り口を強引に押し開かれる。自分のそこが悠生の熱い先端に歓喜し、吸いつくのを感じながら早くも快感に喘ぐ。

「ぅうう、あ」

そのまま、内壁を引きずるようにして深い場所へと進んできた悠生は、ゼンの腰を鷲摑《わしづか》みにすると、大きく一度揺すり立てて奥まで押し入ってきた。

「あぁぁ」

悠生に穿《うが》たれた瞬間、三度目のクライマックスに仰《の》け反《ぞ》る。絶頂の余韻に浸る間もなく最奥を突かれ、体内を擦られ、あられもない声が止められなくなった。

「あぁっ……ゆっく、ん……本物、すごいっ」

「中イキしてるのか？　だらだら漏れてるぞ」

「だ、って、いいっ……すごい、いい！」

幾度となく想像してきたが、そんなものとは比較にならない。悠生はもっと熱くて、硬くて、雄々しい。そんな悠生が自身の中を出挿りするたびに濡れた音がして、快感の大きさを自覚する。

「抑制剤を飲んでてこれなら、飲んでないときはどうなるんだろうな」

「あぅ、ぁん、んっ」

「は……すっげ」

ぐいと悠生に腰を引き寄せられた。悠生の大腿にのる格好になり、これまで以上に深い場所を激しく突かれる。

苦しいほどの愉悦に支配され、自分が欲の塊になったような錯覚にすら陥った。

「奥に出してやる。嬉しいだろ?」

「う、んっ……嬉しい」

「そのまま吸いついてろ」

「あ──」

次の瞬間、奥深くの性感帯を悠生の飛沫で焼かれる。激しい快感に一瞬意識が飛び、ゼンもまた極みの声を思うさま部屋に響かせた。

荒々しく掻き抱かれる。激しい口づけは、もとより初めてのキスだ。うっとりと身を任せながら、これ以上ない多幸感に浸った。

「──なんか」

唇を離した悠生が、小さく舌打ちをする。

「ゼンと、兄貴の罠にまんまと嵌《は》まった気がする」

「罠？」

またキスをしてほしくて、とろりとした頭のまま舌を覗かせる。

「そうだろ。俺は結局、色じかけにやられたってことだ」

ため息をこぼした悠生は身を横たえ、舌先を唇で食むと軽く歯を立ててきた。舌の甘い痺れに酔《よ》い痴《し》れて、つい夢中になる。

「しかも、ばかみたいによかったし」

この一言に反射的に上体を起こしたゼンは、悠生を見つめる。

「ゼン、よかった？」

「そう言ったろ？」

「また、できる？」

思いを遂げたいま、なにより気になっているのはこれだ。

知ってしまったいまのほうが、悠生への欲求が強くなった。

「あー……どうだろうな」

だが、期待した返答にはほど遠い。もし突っぱねられたら自分にはどうしようもないだけに、消沈する。もし一度きりと悠生が決めたなら、自分は従う以外ないのだから。

「なんだよ、その顔」

きゅっと頬を抓られた。

黙っていると、ふいと天井へ目をやってからどこか不満そうな声を悠生は聞かせる。

「ひとつ言っておくが、俺にとってＤｏｍ／Ｓｕｂ？　そういうのはたいしたことじゃないし、お膳立ても言い訳も必要ない」

どういう意味だろう。しっかり考えなければと思うのに、それより悠生の手が髪に触れてきたので、そちらに気をとられる。

「何人かのなかのひとりみたいなのも気に入らない。二度と言うなよ」

髪に絡む悠生の指に意識を奪われつつも、大きく頷いた。

「それなら、俺がゼンのＤｏｍになってもいい」

「……ゆ、くんっ」

なにより聞きたかった一言だ。そもそも自分には悠生しかいないし、悠生が同じであればこれ以上嬉しいことはなかった。

「あとは——そうだな。次、抑制剤を飲んでないときにやらせろ」

「うん」

衝動的に悠生の胸に額をくっつける。

「飲んでないときにやらせる」

早くも待ち遠しくなり、胸が喘いだ。

「なんだか……」

それとともに背中が、尾てい骨のあたりが妙に疼き始め、身を捩《よじ》った。

「なんだか?」

「お尻が、むずむずする」

確認しようと肩越しに後ろを見ようとしたが、後頭部にあった大きな手がうなじに移動したせいでできなかった。見つめ合う格好になると、息が触れるほど間近で悠生が囁いた。

「むずむずって、誘ってるのか?」

「……ぁ」

ちがうとは否定できない。その証拠に、

「後ろから挿れたい」

いますぐと耳語され、背筋から脳天まで甘く痺れる。悠生に命じられるとどこもかしこもぐずぐずに溶け、思考や理性は消え失せる。残っているのは、悠生の好きにされたい、全部奪ってほしいという欲望だけだ。

「ゼンのいいところをガンガン突いてやるから、ワンコみたいに鳴いてろ」

「あううっ」

ベッドに這い、腰を高く上げてすぐ、悠生が押し入ってきた。ジェルと悠生の吐き出したもので濡れそぼっているゼンのそこは、ずるりと容易く受け入れた。

「あ、ぅう、ぁんっ」

初めから蕩けそうな快感に翻弄され、思うさま声を上げる。自然に腰が揺らめきだし、積極的に身をくねらせていた。

半ば無意識のうちに性器に手が伸びる。が、

「駄目だ」

悠生に止められ、シーツを握るしかなかった。

「俺にぶち込まれたかったんだよな」

「う、うんっ」

「なら自分で触るんじゃない」

その言葉とともに、悠生の手が性器に絡む。

「わ、あ……あぁぁっ……ゆ、っくん、ゆっくんっ」

前と後ろ、同時に刺激され、過剰な快感に涙があふれる。すんすんと泣きながら射精し、その後悠生に最奥まで穿たれてまた達した。

内壁が悠生に絡みつき、痙攣《けいれん》するのをまざまざと感じながら。

なおも二、三度大きく揺すられる。胴震いした悠生の熱が体内に広がり、快感と歓喜で新たな涙をゼンはこぼした。

「――気持ち、いい」

同時に、身も心も満たされていくのをはっきりと自覚したのだった。

目を閉じ、寝息を立て始めたゼンの髪を撫でてからベッドを下りた悠生は、綿のパンツだけを穿くとドアを縛っていた麻紐を解き、部屋を出る。冷静になった途端、麻紐を使うなんてガキくさいと恥ずかしくなったものの、そうする以外頭になかった。それだけ見境をなくしていたのだろう。

悠生にしても、あそこまでの強い劣情に駆られたのは初めての経験だ。淡泊な性質というのはどうやら思い込みで、人並み——いや、人並み以上の性欲が自分のなかに眠っていたらしい。

階下に下り、水を飲むためにダイニングキッチンに入ってすぐ、そこに遥大を見つけてぎょっとする。

「あ、悠生。終わった？」

マグカップを手にした遥大に、「ご飯食べた？」と聞いてくるのと同じ調子で聞かれ、取り繕う間もない。

早晩遥大には知られるだろうと思っていたが、まさか直後とは——照れくささもあって悠生は仏頂面を作った。

「あ、これでも遠慮したんだよ。玄関のドアを開けた途端にゼンの声が聞こえたから、一回外に出て時間潰したし。でも、よく考えてみたら今後もこういうことはしょっちゅうあるだろうから、まあ、いいかなって」

そっちがよくても、俺はよくねえよ。と言ってやったところで無意味だろう。

「そうそう。潤滑剤がゼンの部屋にあったと思うんだけど、使った？　それとも、マッサージジェルですませちゃった？」

なにしろ平然とこんな話をしてくるくらいだ。デリカシーの欠片《かけら》もない。

遥大はさておき、悠生自身は兄弟でシモの話ができるほど厚顔ではなかった。

「それより、捕らえた奴どうなった？」

意図的に話題を変える。

息はあったとはいえ、かなりの深手にはちがいなかった。

「どうだろうね。治療はしたけど、回復するかどうか。少なくとも、まだ話を聞けるような状態じゃない」

「そっか」

そもそも生け捕りにしようとすること自体に無理がある。少しでも手加減するとこちらの身が危うくなるのだ。

今回のゼンにしても、手を抜いたわけではないだろう。

「まあ、駄目なら駄目で、他の役に立ってもらうんだけどね」

これにはなにも答えず、からからに渇いた喉を水で潤すと、ゼンの分も水を注いで二階の部屋へ戻る。

「ゼン、起きてるか？」

部屋へ入ったときゼンは俯《うつぶ》せのまま転がっていて、呼びかけには気怠《けだる》そうに瞼《まぶた》を持ち上げた。

「ん。起きてる」

のろのろと身を起こしたゼンにグラスを手渡す。あっという間に水を飲み干し、一息つく様はごく普通の人間に見える。

「俺、よすぎて気を失ったみたい」

頬を赤らめ、ストレートな物言いをするゼンに、こちらまで顔が熱くなってくる。一度寝たくらいで意識するほど純情ではないはずだったのに、素直なゼンにつられてしまったらしい。

一方で、ゼンには特別な行為だとわかっているだけに神妙な心地にもなった。一度でも関係を持ったのなら、ゼンのすべてを受け入れたことになる。少なくとも自分はそう思っているし、「ゼンのＤｏｍになる」というあの言葉に嘘はない。

「もう一回風呂に入ったほうがいいな。俺が先でいいか？」

一瞬、手っ取り早く一緒にと言いかけたが、思い直した。狭い浴室でどうなったか。また同じことが起きないとも限らない。

現にいまもベッドに戻りたいという気持ちに駆られるのだ。思いとどまる理由はひとつ、下に遥大がいるせいだ。

まるでセックスを覚えたばかりのガキみたいだと自身に呆れるが。

「うん」

ゼンが頷くのを確認して、浴室に移動する。汗や体液を洗い流してやっと頭が冷え、思考が戻ってきたような気がした。

「まあ……やったものはしょうがないしな」

実際、あれほどの欲望に抗うのは難しい。遥大の話を鵜呑《うの》みにしたわけではなくても、こうなるとすべて否定もできなかった。

なによりゼンを可愛いと思っているのは事実だ。

浴室を出てゼンに声をかけたあとは、自室のベッドで横になった。昨日の夕方警備について以降ずっと起きていることを思い出した途端、どっと疲労感に襲われて目を閉じる。

途端に睡魔が訪れ、そのまま意識を手放した。

どれくらいたった頃か、ノックの音に飛び起きるまで。

「話がある」

遥大だ。

まだなにかあるのかと、うんざりしつつドアを開けたとき、遥大の表情はいつになく硬かった。強張っていると言ってもいい。

「なにか、あったのか？」

室内へ招き入れるや否や、ドアが閉まるのも待たずに遥大は口火を切った。

「町長の息子……エイカが攫《さら》われた」

が、よもやこういう話だとは思わず、息を呑む。昨日柵の傍まで獣人がやってきて、トラブルになったばかりだ。

いったいなにが起こっているのだろう。森の中で獣人を見るのは稀のはずではなかったのか。

「最近、獣人が現れる頻度が高いと警戒していた矢先なのに……昨夜のことがあって柵の点検をしていた最中に、一瞬の出来事だったらしい」

後手に回ったことを悔いているのか、遥大の眉間に深い縦皺が刻まれる。異変を察知していただけにショックが大きいようだ。

「協定はどうなってるんだ？　そもそも森は不可侵域なんだよな。それを破っているってことは——」

いや、いまさらこの言い分に意味がないというのはわかっている。先方が協定を軽視しているからこそ自分にしても森の中でいきなり獣人に遭遇したし、昨夜の件も起こった。どこの世界にもルールを守らないはみ出し者はいるので、森にまぎれ込んでくる奴らもその手合いにちがいないと勝手に考えていたが、遥大の口ぶりから、ことはそう単純ではなさそうだと察する。

拉致となると、裏でなんらかの意図が働いていると考えざるを得ない。頻度が増えたのも計画的だったとしたら、単身では無理だ。

しかし、そんなことがあり得るだろうか。

「見た目から獣人は粗野で知性に欠けると思われがちだが、そうじゃない。油断したら、こちらが出し抜かれる。現にいまがそうだ。そしてたぶん——」

一度そこで言葉を切った遥大が唇に歯を立てる。その後、予想だにしなかった一言を口にした。

「目的は、おそらくゼンだ」

「え」

いや、少しも不思議ではない。獣人にとってもゼンの存在は特異であるなら、自分たちの手元に置こうとするのはむしろ当然だ。

「ゼンは目立つ。以前からゼンの強さは警戒されていたんだろう。ゼンの素性を知られているかどうかについてはわからないけど……エイカが攫われたいまは知られたと思って対処するほうがいい。本来、獣人と人間とのハーフは育つはずがないんだ。ゼンは、先方にとっても特別な存在だ」

ゼンについて洗いざらい喋《しゃべ》ったとしても、エイカを責めることはできない。たった一体の獣人すらあれほどの脅威になるのだ。拉致され、多くの獣人のなかに放り込まれれば誰でも絶望し、従順にならざるを得ないだろう。

「人質とゼンを交換、ってことか」

「十中八九」

遥大が首肯する。

真っ先に頭をよぎったのは、この件について知ったゼンがどうするか、だった。

ゼンは、子どもの頃からずっと虐げられて生きてきた。遥大の尽力でやっとまともな暮らしを始め、自警団として活躍の場を与えられたといっても、いまだ多くの者から腫れ物扱いされている。

エイカは自警団のメンバーであり、町長の息子だ。

人質の交換を要求された場合、どうなるかは容易に想像できる。半分獣人だからという理由で、いとも簡単にゼンは差し出されるにちがいない。

「これから自警団の会議がある。悠生も自警団の一員だから、参加してほしい」

無論そうするつもりでいる。みなに対して悪感情はないし、いまや親しく話をする者もいるとはいえ、今回ばかりは別だ。誰も信用できない。

「兄貴は先に行っててくれ。ゼンと一緒に合流する」

遥大が眉を曇らせる。

「ゼンは、連れていかないほうがいいんじゃないかな」

「なんで」

「ゼンにとっては厳しい話になるかもしれない」

遥大の言いたいことは理解できる。厄介払いの格好のチャンスだと思う者すらいるだろう。

なによりの問題は、ゼンだ。本人ですらその考えに至るのではないか、もしかしたら自ら人質の交換を提案する可能性すらある。

遥大はそれを危惧して、自分ひとりに声をかけたにちがいなかった。

「いや、連れていくよ。自警団の一員というならゼンもそうだし、なにより当事者だ」

それでも、蚊帳《かや》の外《そと》に置くのはちがう。仮に自分がゼンの立場にあったとしても、厳しい話であればなおさら自分の耳で聞いておきたいと思うはずだ。

つかの間思案のそぶりを見せた遥大だが、そうだなと頷いた。

「悠生の言うとおりだ。ゼンと一緒に来て」

それを最後に遥大が去る。まもなく聞こえてきた玄関の扉を開閉する重い音に、遥大の心情が表れているようだった。

急いで着替えた悠生は、ゼンの部屋のドアを叩く。どうやらなにか感じとっていたのか、ゼンはすでに制服を身につけていた。

「いつでも出動できる」

背中には刀を装備済みのゼンを前にすると、一瞬躊躇いが生じる。ゼンが警備に心血を注いでいると知っているだけに、言い出しにくかった。

「出動じゃなく、会議だ」

途端に目に見えてゼンから緊張感が消える。

「なんだ。また生け捕りにしてやろうと思ってたのに」

残念そうな様子のゼンに無理やり笑みを浮かべ、肩に手をやった。ふたりで倉庫へ向かう間、迷いつつ悠生は口を開いた。

「なんでそこまで頑張れる？」

唐突なのは承知のうえだった。

驚いたのか、目を見開いたゼンはそのあと下を向き、足下の小石をこつんと蹴った。

「俺、役に立たないと町の人たちに追い出されるかもしれない。そうなると、遥大も悲しむ」

根本はやはりここか。

遥大の期待に応え続けることこそが、いまの生活を保つ唯一の方法だとゼンは思い込んでいる。周囲から浮いていようと、疎まれようと、役に立つうちは追い出されないはず、と。

みなの仲間でいること、それがゼンの望みで、本心だ。

「ゼンはさ。そういうの、言葉にすればいい」

「やだ。嗤われて、ばかにされる」

「そんなの、やってみなきゃわかんないだろ」

「わかる」

子どもみたいな拗ね方をするゼンの丸い後頭部へ手をやり、くしゃりとやわらかな髪を乱した。

「なら、嗤った奴は俺がぶっ飛ばしてやるっていうのは？」

ふ、とゼンが吹き出した。

「ゆっくん、喧嘩弱いから。返り討ちに遭うと思う」

ゼンがまた笑う。愉しそうな表情に、こういう表情こそみんなに見せるべきだと思う。

倉庫の前まで来た悠生は、

「正直な気持ちを伝えればいい」

最後にそれだけ言って、ガレージドアをくぐった。

そこには自警団のみなが集まっていた。全員が一堂に会するのは、最初の顔合わせのとき以来だ。

緊迫した状況であるのは間違いない。

「リウト」

遥大が促し、リーダーのリウトが口火を切る。

「柵の点検をしていたとき、森の中に子どもの姿が見えた。俺と相棒のエイカは子どもを保護するために柵の外に出たんだが——精巧に作られたマネキンで、ひそんでいた獣人にエイカは攫われた。あっという間の出来事だった」

リウトの顔面は蒼白だ。色をなくした唇は微かに震えている。それほど大きなショックを受けているのだ。

「あれは、拉致するための罠だった。誰でもよかったんだ」

おそらくリーダーとして後悔があるのだろう。悔しそうに歯噛みをする。

「これまで森に入ってくる獣人は、はぐれ者だと思っていた。ここのところ頻繁になっていたから、気にはなってたんだよ。まさか罠を張るなんて……すぐに対処しなかった僕の責任だ」

遥大は遥大で自責の念から顔を歪める。

「とにかく、向こうの出方を待つしかない。いま総出で攻め込んだりするのは悪手だ。相手の思うつぼになってしまう」

遥大の言うとおりだというのは誰もが承知している。

半面、なにもせずにただ漫然と時間が過ぎるのを待つのは耐えられないというのも。

「エイカを放ってはおけない……でも、どうしたらいいんだっ」

声を荒らげたひとりの団員に、リウトが絞り出すような声を発した。

「俺が、単身で森へ入ってみる。なにもわからないかもしれないけど」

確かに収穫は望めないかもしれない。エイカはすでに敵のアジトに捕らわれているとみるのが妥当だ。

「リウトひとりを行かせるわけないだろ！　俺たちも一緒に行く」

だが、みなが口々に賛同する。誰ひとり退かず、収拾がつかなくなる。

「もし森に罠が張られていたら？　下手をすれば全滅だ」

そう言ったのは遥大だった。静かな口調だが、だからこそ信憑性があるとも言える。

「全滅」という言葉に全員がおののき、絶望感が漂った。

「だったら、どうすればいいって言うんだ！」

リウトの叫びに、さしもの遥大も苦い顔で口を閉じるしかなかったようだ。

このなかでは一番の新参者で、解決策などひとつも思いつかない自分はなおさら黙っているしかない。

が。

「俺が行く」

みなが神経を尖らせているなか、静かに手を上げたのは——ゼンだ。

「向こうの目的がなんであっても、俺と人質の交換を申し出ればきっと応じる」

「……ゼン」

恐れていた展開に背筋が冷たくなる。

咄嗟に足を踏み出した悠生は、わざと鼻で笑い飛ばした。

「遥大の話、聞いてただろ？　そんなの奴らの思うつぼだ。ばかげてる」

もっともらしく撥ねつけたものの、途中から自分の言葉の軽さに気づいていた。なにを言おうとゼンの決心が固いことは、その目つきを見れば十分伝わってくる。

みなもそう感じているだろう。

「……なんだよ。肝心なときにぜんぜん役に立たないって」

小さく吐き捨てる。

なにがＤｏｍ／Ｓｕｂだ、パートナーだと自嘲しながら。

セックスするだけの関係になんの意味があるというのか。ゼンを一番理解できるのは自分だとでも？　ゼンは自分の言うことならなんでも聞く？　思い上がりも甚だしい。

これ以上なにも言えなくなり、唇を噛む。

誰も一言も発さない。みながゼンの意見に賛同している証拠だ。それしか選択肢がないとも言える。

「会議は終わりだな」

実際は会議にすらならなかった。自身の無力さを厭というほど実感しつつ、真っ先に倉庫をあとにする。ガレージドアを出て数歩歩いたところで、ゼンが追いかけてきた。

ゼンのせいではないのは重々わかっていても、いまは冷静に応じられそうになかった。

「ゆっくん、怒ってる。せっかくかばってくれたのに、台無しにして」

ごめんと謝られるとよけいに苛立ちが増す。

そんな自分に嫌気が差し、歩みを速めた。

「ゆっくん」

なおも空気を読まず追ってきたゼンは、背中に話しかけてきた。

「俺、半分獣人なんだ」

なにをいまさら——半分獣人だから大丈夫とでも言うつもりか。それこそ浅はかだ。何人も獣人を殺《あや》めてきたゼンを、奴らが歓迎するはずがない。

「向こうにとったら、ほとんど人間だろ」

そっけなく背後に返す。

だが、自分が勘違いしていたことを、このあと教えられた。

「俺も、そう思ってた。でも、やっぱりちがったみたい。俺、見た目が変化していってる。たぶん、これからもっと」

言葉尻の震えが、ゼンの動揺を如実に表している。泣いているのか。

「……ゼン」

足を止めて振り向いたとき、ゼンは泣いておらず、なぜかほほ笑んでいた。

「急に歯が尖ってきてちょっと変だなって気づいてたんだけど、まさかこんなになるとは……朝起きて、自分でもびっくりした」

そんなことくらいで。笑おうとしたのに頬が引き攣り、うまくいかなかった。

「歯なんか、たいした変化じゃないだろ」

自分にしてみれば、そう返す以外になかった。昨日は普通だった。朝起きてと言ったからには、ゼン自身がつい先刻気づいたばかりなのか。

「でもないみたい」

ゼンが上唇を捲って犬歯を見せる。確かに人間にしては長く、尖っている。

「前からそんなもんじゃなかったか？」

わざと茶化してみせたのは、この先を予感していたからかもしれない。

かぶりを振ったゼンは、変わらず笑いながら驚くべき告白を続けていく。

「歯は、始まりだった。今朝、歯だけじゃなくて、背中に硬い毛が生えてた。尻尾《しっぽ》もあるんだ」

「……でも」

それだけでは、と言いかけてやめる。「これからもっと」とゼンが言った意味に気づいたのだ。

だから自棄になって、敵地に単身で行くと言いだしたのか。

「ゼン」

再度止めようとした悠生だったが、遥大の姿を認めて口を閉じる。歩み寄ってきた遥大は深刻な表情を崩さず、

「家で話そう」

そう言って先を歩き始めた。

遥大がどう考えているのか、どんな結論が出たのか、いまの段階では判然としないため黙ってついていくしかない。気重な空気のなか三人で自宅へ戻ると、遥大はコーヒーを淹れ始めた。

本音を言えばそんな気分ではなかったけれど、おとなしくテーブルにつく。どうやらそれは遥大も同じだったらしく、カップを両手で持ったまま口をつけることなく切り出した。

「正直なところ、なにが正解なのかわからない。ただ、なにをしたところで後悔するような気がする」

らしくなく弱音を吐く遥大に、いまさらながらにことの重大さを実感した。一体でも恐ろしかったのに、その拠点となると——想像すらしたくない。未知の場所だ。そんなところへゼンをひとりで行かせるなどどうしてできるだろう。

「相手の出方を見るべきだって、兄貴も言ってただろ」

たとえゼン自身が望んでいても。

「せめて奴らが動きだす夕刻まで待って、その間に考えられるだけ解決法をみんなで考えよう」

単に時間稼ぎにすぎないかもしれない。それでも、ゼンだけに押しつけるよりマシだ。

「悠生」

ほんのわずか、遥大の表情がやわらいだ。

「そうだな。リウトの気持ちもわかるから、臆病になってた。頭を冷やして、自分たちにとって最善だと思う方法をとるべきだ」

「ああ」

返事をしつつ、最善の方法という一言にちくりと胸が痛む。自分の場合の最善が、リウトやエイカのではないと自覚しているためだ。

当のゼンは納得したのかしていないのか、黙り込んだままだ。

「とりあえず僕はまたみんなのもとへ戻るけど——ゼンのこと頼んでいい？」

遥大が椅子から腰を上げたタイミングで、ようやくゼンがそれについて口を開いた。それとはもちろん、自身の変化——獣化についてだ。

「俺なら、きっと殺されない。向こうにとっても俺は……めずらしいものだろうから」

そう言うと、スラックスの前をくつろげ、背中を向ける。先ほど告白されたとおり、ちょうど尾てい骨のあたりから硬い毛が生えていて、一、二センチほどながら尾のような突起も確認できた。

「いつから」

遥大の問いに、スラックスをもとに戻してからゼンが答える。

「今朝、起きたとき。むずむずして痒《かゆ》かったから」

実際目にしたせいか、聞いていたにもかかわらず衝撃を受ける。なによりたった数時間でそれだけ獣化が進んだという事実に、言葉が出なかった。

遥大も驚いたのだろう、顎に手をやり考え込んでしまう。焦れるほどたっぷり間を空けてからやっと口を開いたかと思うと、ぶつぶつと独り言を並べ始めた。

「もしかして、第二次性徴が訪れたのかな。悠生とのコミュニケーションが後押しになって獣化が一気に進んだ？　となると、完全に獣化してしまうまで止まらないのか。あるいは……」

「兄貴！」

聞いていられず、いいかげんにしろと止める。

「仮定の話で、ゼンの不安を煽《あお》るなよ」

だが、そのつもりはないと言わんばかりに遥大は怪訝な顔をする。

「ゼンはハーフだよ。悠生だって、特性だけ引き継いで見た目がまるきり人間なの、不思議じゃなかった？　第二次性徴によって獣化するのは少しもおかしくない」

「おかしいとかおかしくないとかの話をしてるんじゃねえよ」

遥大の言い分は正しいのかもしれない。それならなおさら受け入れるわけにはいかなかった。

「心構えをしていたほうがいいって意味だとしても、いま言うことか」

ゼンへ視線を流す。

ゼンは戸惑いを見せたかと思うと、腕を摑んできた。

「ゆっくん、怒らないで。遥大はずっと俺の特性とか見た目に関して情報を集めてくれていたから、ちゃんと言ってくれたんだと思う」

だとしても、だ。

故意に不満をあらわにしたにもかかわらず、遥大に反省の色はない。

「状況は変わるんじゃないかって思ってる。ちょっと落ち着いて考えたい」

なにを考えるというのか、現段階で説明を求めたところで無駄なのだろう。またぶつぶ

つと呟き始めると、

「悠生とゼンは家にいて」

それだけ言い残し、足早に出ていった。

ゼンとふたりになった途端、感情的になった自分が恥ずかしくなり、首の後ろを掻く。

ゼンのみならず、自分がなに不自由なく暮らせているのはすべて遥大のおかげだ。遥大は常に冷静で、先のことまで考えている。

「腹減らないか？」

ゼンをダイニングキッチンに留めるための口実だった。この状況でひとりにしたくなかったのだ。

「あとでいい」

ゼンはその一言で二階へ上がっていったため、結局役には立たなかったが。

自分がエイカの代わりになるべきだとゼンは思い込んでいる。

「当然か」

遥大の役に立ちたいとゼンは言っていたが、そうすることでみなに認められたいという気持ちがあるのだろう。それだけに、獣化によってどれほどのショックを受けているか、当人に確認するまでもなかった。

なにも言ってやれなかった自分の腑甲斐《ふがい》なさに嫌気が差し、歯噛みをする。情けないことに、いまも自分はすぐそこにいるゼンのもとへ向かうのを躊躇っていた。

そもそもなんと声をかければいい？

「大丈夫だ」「これ以上進まないかもしれないだろ」「俺は気にしない」どれも陳腐で薄っぺらい。

椅子にどさりと座り込み、脚を投げ出す。遥大が戻ってくるのを待つことしかできない自分が役立たずに思えた。

とりあえず腹になにか入れなければよけいに後ろ向きになりそうで、キッチンに立つ。確かミートソースがあったはず、とパスタを茹《ゆ》でる間にオレンジを剥き、テーブルに並べてからゼンを呼びに二階へ上がった。

部屋のドアをノックする。反応はない。眠っているのか。

「ゼン？」

そっとドアを開け、覗く。

「ゼン」

ゼンが部屋にいないことはすぐにわかった。

「……まさか」

カーテンが揺れている。慌てて窓へ駆け寄りカーテンを開けると、窓から外へ身を乗り出し見回した。

ゼンの姿はどこにもない。部屋に入ってすぐに出たのか。

部屋を飛び出した悠生は、いまさら「ごめん」の意味に気づき、倉庫へ走る。

目を離すべきじゃなかった。頼むと言われていたのに——。

「くそっ」

おそらくゼンはひとりで柵を越える気だ。時間がたてばたつほどエイカの身が危なくなると考えてのことだろうが、ゼンなら安心という保証はどこにもない。半分同じ血が流れているからと歓迎してくれるような相手であれば、こういう状況にはならなかった。

むしろ不利に働く可能性が大いにある。

ガレージドアをくぐったそのとき。

「……ゼン」

遥大とリウト、そしてゼンがそこにいるのを見て、思わずその場にへたり込みそうになった。

「なんで黙って抜け出したんだ」

覚えず責めたのは、ほっとしたからに他ならない。

ごめん、と小さな声で謝ったゼンを、遥大がフォローした。

「ゼンはエイカのことを案じて、ひとりで乗り込もうとしていたんだ。でも、ちょうど向こうからコンタクトがあって」

そこで一拍間を空けてから淡々とした口調で発せられた言葉は、自分にとっては十分衝撃的だった。

「ゼンを引き渡すことを条件に、エイカを解放すると」

遥大が書状を広げて見せる。

「さっき、柵の出入り口にこれがあった。指示されて書いたんだろう、エイカ本人の字で間違いない」

「………」

ゼンが取引材料になると遥大は言っていたし、本人もそのつもりだった。悠生自身も高確率でそうなるだろうと思っていたが、実際にそれが現実のものとなると、やはり平静ではいられない。

結局はこうなるのか、と。

ゼン本人が覚悟を決めているのだとしても、到底納得できなかった。

「みんなは——」

他の者がどう考えているのか問おうとして、途中でやめた。リウトの顔を見れば自ずと答えを察せられたからだ。

「いままでさんざん疎んじておいて、都合がいいときは利用するって？　最低だな」

我慢できずに吐き捨てる。

「悠生」

遥大に窘《たしな》められても、怒りはおさまらなかった。そもそも遥大までそれを受け入れているふうなのが許せない。

「ゼン、帰るぞ」

怒りのままにゼンの腕を摑む。

「俺は……帰らない」

拒否されるとは思わず、かっと頭に血が上る。

「俺、エイカの――」

「ゼン」

たとえゼン本人の言い訳であってもこれ以上聞きたくなかったので、もう一方の手で顎を摑み、正面から目を合わせて同じ台詞をくり返した。

「俺と一緒に帰るんだ」

ゼンが逆らえなくなるのを承知で。

「悠生っ。無理強いしたら、ゼンがサブドロップに……っ」

遥大に非難されても、いまは耳に入らない。とにかく家に連れ帰ってふたりきりになればどうにかなると、それだけを考えていた。

「ゆ……」

その場でゼンが膝を崩す。は、は、と短い呼吸をつき始めたゼンを抱え上げた悠生は、一刻も早くこの場から離れようと足を踏み出した。

「ゆ、くん……ゆっく……ん」

が、そこまでだ。切れ切れに名前を呼んでくるゼンの頬にぽろぽろと涙が伝うのを見て、自身の浅はかさに気づく。ゼンは自分の言うことならなんでも聞くはずと、心のどこかで高をくくっていた。

自分が正しいと信じて疑わず、それがゼンのためだとすら考えて——。

「俺……いい子じゃ、ない……ゆ、くん……嫌いになる？」

「……ゼン」

こんなふうに言わせるなんて、最低だ。自己嫌悪で吐き気を覚える。ゼンの意志を踏みにじって、自分はいったいなにをやっているのか。

苦い気持ちでゼンを下ろす。

「そんなこと、ない」

すっかり頭も心も冷え、なんとか踏みとどまる。逃げ出すのが最悪手であることくらいよくわかっていた。

「ほんとに？」

「ああ」

「でも、怖い顔してる」

これ以上ゼンを不安にさせたくない一心で無理やり口角を上げる。

「慌てただけだ」

「だった、らいいけど」

リウトがいるにもかかわらずゼンは抱きついてくる。髪を撫でてやると、ゼンの身体から力が抜けるのが伝わってきた。

「驚いたな」

そう言ったのは遥大だ。

「いまのはサブドロップの状態に陥ってもおかしくなかった。ゼンはよほど悠生を信頼しているんだな」

遥大の説明を半分も聞いていなかった自分には、サブドロップと言われたところでほとんど理解できない。が、やはりそこは重要ではなかった。

「俺も行くよ」

この一言は、どうやらみなを驚かせたようだ。

「そんなの、無理に決まっている！」

これまで、厳しい表情で唇を引き結んでいたリウトが声を荒らげた。

「ゼンはまだしも、あいつらにとって人間なんて利用価値はない。ただ殺されに行くようなものだ」

　リウトの言い分はおそらく正しいのだろう。

　自分にしてもただ殺されるのはごめんだ。

「見つからずについていって、奴らの棲み処を突き止める。どういう場所で、どれくらいの集団なのかを知れば、対処法もあるんじゃないか」

「そんなの知って、どうするんだよっ。相手は俺らの首なんていとも簡単にへし折ってしまえるような奴らなんだ」

　怒声交じりで即座に反対してきたリウトに、悠生も噛みついた。

「だったらやられるのを待つのか？　協定なんてもう形だけなのはわかってるよな。あいつらは、エイカからこっちの情報を得た。こっちはなにもわかっていない。今後、どうなると思う？」

　リウトからの反論がないのをいいことに、一気に畳みかける。

「おそらく向こうが、人間離れした強さを持つゼンを認識していたのは間違いない。これまで何度も不可侵域に侵入していたのは、ゼンを誘い出すためと考えればしっくりくる。ゼンがいなければ、人間なんてどうとでもできると思ってるんだよ。実際、そうだよな。ゼンが向こうに囚われたらこっちがどうなるかなんて、火を見るより明らかだ。これまで以上に好きにされるぞ」

それでもいいのか、と言外に脅す。

捕らえられたゼンがどんな目に遭うかは予想がつかない。とはいえ、いままでゼンが仕留めてきた獣人の数、半分人間の血を引いているという事実を考えれば手厚くもてなされるとは考えにくかった。

「もしかしたらハーフに興味をもったあとは、人間の女を得ようとするかもな」

ぎりっ、とリウトが歯噛みする音が耳に届いた。おそらく家族、友人が蹂躙《じゅうりん》される場面を想像したのだろう、血の気をなくした頬が痙攣している。

だが、けっして妄想とは言えない。

たとえいまゼンを差し出して乗り切ったとしても、その後の展開は目に見えていた。

ゼンを差し出す……その思考にぞっとし、悠生は遥大を見据えた。

「俺の言ってること、間違ってるか?」

リウトへ視線を流したあと、遥大はかぶりを振った。

リウトにしても否定材料がない以上、最悪のケースを想定する必要があるという考えに至ったようだ。苦い顔で頷く。

「駄目」

ただひとり、肝心のゼンがどうしても首を縦に振らない。

「予測だけで身を危険にさらすの、意味ない……俺は、平気。強いし、身体も頑丈」

これについては確かにそうだ。ゼンに比べれば自分などひ弱で、どれだけ役に立てるかも判然としない。

危険なのもそのとおりだろう。

「兄貴、ちょっとゼンとふたりにしてくれないか」

一瞬躊躇を見せた遥大だが、リウトを促す格好でその場を離れ、奥の事務所へと向かう。ふたりの姿が見えなくなってから、終始身体に力を入れているゼンに向き直った。

「ゼン」

名前を呼んでも表情は硬い。それだけ強い決意が伝わってくる。

「俺の後方支援が必要だって言わなかったか？」

「それは……事情がちがう」

ゼンは肩を怒らせたまま、じっと足下を睨《にら》みつけている。目が合ってしまったら最後と言わんばかりの態度には、こんなときにもかかわらず、つい頬が緩んだ。

「まあ、そうだよな。俺なんかゼンから見たら、雑魚《ざこ》だ」

「ちが……っ」

ゼンがすぐさま否定するが、知らん顔して先を続ける。

「足手まといにならないようにするのがせいぜいだろ？　いや、それも難しいか。でもな、ゼンが行くというなら、俺もそうする」

不思議なくらい迷いはなかった。

こちらに来てから、まだ二週間程度。たったそれだけの期間でなにを言っているのかと以前の自分であればしらけていただろう。

「俺は……ゆっくんが傷つくのは絶対やだ」

ゼンの眉間の皺が深くなる。

「俺もだ」

いまさら格好つけて出し惜しみしたところでしようがない。本心を口にする。

「俺も、ゼンが傷つくのは厭だ。さっき兄貴に言ったのも本当だけど、ようは、俺がゼンをひとりでは行かせたくないってだけだ。だから、止めても無駄。ゼンはゼンのやりたいようにやればいい。俺もそうするから」

言葉にすれば、なんて単純なのか。ゼンを可愛いと思ったのが運の尽きだ。

「相棒だろ?」

答えを待っていると、無言で歩み寄ってきたゼンが胸に頭をくっつけてきた。

「――ゼン」

頭に手をのせて、指に髪を絡める。

ゼンの身体から力が抜けていくのがわかった。

「俺、ゆっくんを弱いなんて思ってない。強いとか弱いとかじゃなくて……なんて言えばいいのかわからないんだけど、なんだか怖いんだ。いままで怖いなんて一度も思ったことないのに」

懸命に言葉を紡ぐゼンの邪魔をしたくなくて、相槌も打たず黙って耳を傾ける。何度も唇に歯を立てながら発せられる一言一言こそ、ゼンの心の吐露だ。

「だって、怖がることに意味なんてない。なのに怖くなるってなんで？　俺、わかんなくなって、だったら、俺ひとりのほうがいいような気がしたんだ」

いたって真剣だと伝わってくるのに、ふっと力が抜けて笑ってしまう。ゼンの一生懸命な様子にどれだけ心を動かされているか、あらためて実感した。

損得勘定も駆け引きもない。

外面ばかり気にかけて、上っ面のつき合いですませてきた自分にゼンの素直さは驚きであり、どこか羨ましくもあった。

ようは初めから目が離せなかった、それだけのことだ。

獣人ハーフと聞かされても、なんの障害にもならなかったくらいにはゼン自身に惹かれていたのだろう。

「なんで笑う。ゼン、可笑《おか》しい？」

ゼンに責められ、いっそう笑みを深くした。

「少しもおかしくなんてない。可愛いなって思っただけ」

遥大にゼンのパートナーになるよう言われたとき、あれほど腹が立ったのが嘘のようだ。いや、当初からゼンになにか感じていたからこそ平静ではいられなかったのだろう。

「それに、俺だって怖い」

どうやらこれは意外だったらしい。ゼンは睫毛を瞬かせると、じっと窺ってくる。

「ゆっくんも？」

「ああ。だから、怖いって気持ちをふたりで分けよう」

「ふたりで、分ける」

そう呟いたゼンが、黙り込む。だが、似合わない眉間の縦皺がなくなっていることに気づいていた。

「そう。ふたりで分ける、だ」

「ふたりで分ける」

また鸚鵡返しにしたあとは、ゼンの表情がようやくやわらぐ。ほっとした悠生は、くしゃくしゃとゼンの髪を乱してから、遥大の待つ事務所へふたりで向かった。

そこには遥大とリウト、それ以外にも数人が顔を揃えていた。

当然のことながら空気は重苦しく、その顔は憂慮のために曇っていた。

「俺がゼンのあとをついていく。幸い森の中だし、身を隠すには都合がいい」

遥大は予感していたのだろう。少しも驚かなかったばかりか、静かに顎を引いた。

「でも、ゼンと悠生だけに頼ることはしない。悠生の言うとおりだ。いま従えば、必ず奴らは助長する。一方的に協定を破られた以上、こっちも身を切る覚悟が必要だ」

遥大がみなを説得してくれたのかもしれない。異を唱える者はいなかった。

予想とはちがう展開にむしろ戸惑っていると、初日に義足を見せてくれた彼がやってきて、中央のテーブルに紙を広げた。

手描きの地図だ。

といっても森の全体像であって、向こう側までは記されていない。捕らわれていった者は誰ひとり戻っていないのだから、当然と言えば当然だ。

「人質の交換までまだ猶予がある。作戦を立てよう」

そう前置きをした遥大が、森の中の数カ所に赤丸を記入していった。

「みんなはここで待機」

最後に二重丸を。

「ここがゼン。エイカと交換する場所になる」

ごくりと、誰かが唾を飲む音がした。

「そして、悠生。悠生にはこれを持っていってもらいたい」

遥大が手のひらサイズほどの四角い機器をテーブルに置く。無線のようだと思ったのは、正しかった。

「アンテナを監視塔の屋根に取りつけて、どこまで送受信の距離を伸ばせるかはわからないけど」

みながものめずらしげに凝視するところをみると、誰も存在を知らなかったらしい。十年の期間があったとはいえ義足の次はこれか、と我が兄ながら関心する。

ゼンなど、遥大を見る目に明らかな憧憬《どうけい》がこもっている。

「で？　敵のアジトを突き止めたあとはどうする？」

ゼンの頭に手をのせ、意識をこちらに取り戻してから切り出した。

悠生自身は、先方の対応次第では過激な策もやむなしと考えていた。

「そうだね。相手の出方によるけど、たぶんこれまでと同じとはいかないだろうね。対等な協定なら、またどうせ反故《ほご》にされる」

どうやら遥大も同じ考えらしい。いや、遥大だけではない。ゼンを引き渡すことで終わりにしたいのではと危惧していたが、そんな単純な問題ではないとみな気づいているのだ。

だとすれば、遥大の言ったように相手の出方を見ての対応となるが、なんにしても平穏な話し合いで解決するのは難しいだろう。

いくつかのパターンを想定した作戦会議を終え、いったん解散になる。自宅へ戻った悠生は、ゼンとテーブルで向かい合い、やけに緊張感の薄いティータイムを過ごした。

「ああ、十歳か十一歳かのときに、俺とゼンが会ったたって兄貴が言っててさ。こっちはまったく憶えてないから、眉唾だけどな」

コーヒーの供は、クッキーだ。隣人の手作りだというそれは硬くてパサパサしていてとても食えたものじゃない——と初めは思っていたが、慣れればどこか懐かしさを感じる味で、癖になる。

「うん。遥大からゆっくんの話を聞いてて、だから出会えたとき運命だって思った」

ゼンが瞳を輝かせた。

「なに、遥大につられてるんだよ」

ははは、と笑いつつも、それならそれでいいかと気が変わる。遥大の言っていることが事実だとゼンが信じるというなら、自分もそうしてみようと思えた。

これから敵地へ乗り込もうというわりにはのんびりしすぎているという自覚はあるが、リラックスできたおかげで腹がくくれたのも本当だった。

「ゼン、悠生。時間だよ」

直前まで他愛のない話をして過ごしていたせいで、ダイニングキッチンに入ってきた際、遥大が目を見開いたくらいだ。

「ありがとう」

小声で礼を言ってきたのは、遥大にしてもゼンを案じているからに他ならなかった。

今日のゼンは自警団の制服を身につけているものの、背中の刀はない。仕方がないとはいえ、無防備な状態を見るといっそう恐怖を感じた。

やるべきことをやる。絶対ゼンを連れ帰る。

その思いを強くし、悠生自身も自警団の一員として、相棒として制服を身につけた。

「こちらから送った書状の返事がきた。期待はしていなかったが、先方に妥協する意志は皆無だ。最終確認をするよ」

遥大が口頭で今後の手順を述べる。

丸腰のゼンが単身で柵を出て、まっすぐ森へ入る。それを確認した時点でエイカを解放するというが、タイミングは完全に先方次第だ。

平常であれば到底聞き入れられる条件ではないものの、エイカを捕らえられている以上圧倒的不利であるのは如何《いかん》ともしがたく、従わざるを得ない。相手がこちらの足下を見ているのは確かで、それが脅威でもあった。

ただの野蛮な獣という考えはあっさり覆された。相手は狡猾《こうかつ》で強靱な獣だ。できれば穏便にすませたいなんて中途半端な考えでは、あっという間にこちらが潰される。

柵の前に全員集合して、いま一度役割確認をしていく。

遥大と一緒に待機する者、自分を含め、それ以外は後方支援で森に入る。いずれにしても、自身の持つ送受信機が貴重な連絡手段になるのは間違いない。

「ゼン、気をつけて。悠生はくれぐれも無理しないこと。僕が退くように言ったときは、どんなに厭でも退いてほしい」

それはゼンを見捨てるという意味か？

喉まで出かけた問いを呑み込む。遥大にしても、そうならないことを望んでいるのは明白だからだ。

「ゼン。ふたりで、だ」

最後に一言声をかける。深く頷いたゼンの表情が普段と変わらず、落ち着いて見えるのが幸いだった。

団員の開けた出入り口からゼンが柵の外へ出る。歩いていく後ろ姿を見送ってしばらく、ゼンが森の中へ足を踏み入れるのを待って悠生は矢筒を背負い、弓を手にしてあとへ続いた。

「悠生」

遥大に呼び止められ、柵越しに一度振り返る。ふと、初めてゼンとともに柵を目にしたときのことが頭をよぎった。

物々しさに驚いたし、異様に見えた。だが、いまあらためて目にすると、足りないくらいだと思う。どれだけ防衛しても心許ないと。

当初はいきなり獣人に襲われたにもかかわらず、どこか半信半疑だった。それも致し方ない。直前までの平和で平凡な生活が一瞬にして変わってしまうなんて誰が信じるだろう。

遥大がいなかったら、果たしてどうなっていたか。全部夢のなかの出来事ではないかと、そうあってくれと願いつつ、目の前の現実を必死になって拒絶することで自我を保とうとしたにちがいない。

ゼンに惹かれる自分すら疑いながら。

「心配しなくても、必ずゼンと一緒に戻る」

それだけ告げて、前を向く。一瞬、遥大の頬が強張ったのが見えたものの、ここまで来たからにはよけいな思考は邪魔になるだけだ。

腰に取りつけた無線をいま一度確認して、森の中へ。

一歩足を踏み出すたびに、パキパキと鳴る枝葉の音に注意しながら、ゼンが歩いたであろう道筋から外れると、息を殺して前だけ見て進んだ。

# ZEN

どれくらいの時間がたっただろう。

周囲を見回してみても、真っ暗で判然としない。じめじめとした、冷たい空間にいるのは確かだ。

湿気を多く含んだ空気は重く、不快で、息を吸うたびに肺にまとわりつく。

どうせよく見えないのならと目を閉じたゼンは、無事にエイカは家族のもとへ戻っただろうかと思いを馳《は》せながら、頭のなかで先刻の出来事を再現していった。

指示どおりまっすぐ歩いていくうちに、未知の領域に足を踏み入れていることに気づいた。かかった時間から、あの日、悠生と出会った地点はゆうに過ぎていたのは明白だったが、周囲の景色は同じ――好き放題に育った原生林だった。

それでも、戻るときのために景色を目に焼きつけた。

木々の種類、形、地面の凸凹。小動物の足あと、盛り上がった土に穴。役立つかどうかなんて二の次で、必ず帰ると自身に言い聞かせたかったのかもしれない。

その後、すぐにエイカを見つけた。

ふらふらとおぼつかない足取りでなんとか歩いていたエイカは大きな外傷こそなかった

ものの、ひどく怯《おび》えていて、自分と目が合った途端に激しく震えだした。まともに立っていられなくなるくらいだった。

エイカを連れて戻らなければ。せめて団員にあずけなければ……駆け寄ろうとした、直後、後頭部に衝撃を受けた。

憶えているのはそこまでだ。次に目を覚ましたときには、この真っ暗な部屋にいた。

エイカは無事に戻れただろうか。

足を踏み出そうとした。が、実際にはわずかしか動かせなかった。足だけではない。手もだ。太い柱に両手両足を縛りつけられていては動けるはずもなかった。

いったい自分になにをしようというのか。いくらハーフがめずらしいからといっても、遥大がもうひとりいなければこの身体は無用の長物だ。

奴らが自分を欲した理由として考えられるとすれば――これまでの恨みを晴らすための拷問か、あるいは見世物か。

もし自分がＳｕｂだと知られてしまったら――おぞましさにぞっとし、息苦しささえ覚えた。

これまで味わったことのない感覚が身体じゅう、じわじわと広がっていく。全身が怖気《おぞけ》立《だ》ち、瞬時に鳥肌が立った。

不快感に何度かえずき、顔をしかめる。

考えるな、と自身に言い聞かせ、深呼吸をしながら悠生の顔を思い浮かべた。

悠生は遥大から聞かされていたとおりのひと——いや、それ以上だった。想像していたよりずっと格好よくて、初めて会ったときは見惚れそうになった。


あたたかかったり冷たかったり、熱かったりする悠生の双眸で見つめられると、身体の芯から蕩けていく。たぶん自分がＳｕｂだから、という以前に悠生の想いがまなざしから伝わってくるせいだ。

悠生はいま頃どうしているだろう。

まだ森の中か。それともエイカを連れて戻ったか。できれば後者であってほしい。悠生が安全であることが、自分にとっての支えになる。

「…………」

その気持ちに微塵も嘘はないのに、胸が押し潰されそうなほど苦しくなる。こんなふうになったのは初めてだ。

なぜなのか。

その理由なら考えるまでもなかった。

獣人たちに食い物にされること以上に怖いのは、自分自身だ。このまま姿形が変わっていき、やがては外見も中身も獣人になるのではないかと怯えている。

そうなればもう二度と戻れないし、悠生にも会えなくなる。

「……ふたりで、分ける」

あの言葉がどれほど心強かったか、きっと悠生にもわからないだろう。自分を案じ、励まし、恐怖をともに分かち合ってくれようとする悠生のことを思うと、いっそう胸が苦しくなった。

「ゆ、くん」

名前を口にしただけで、らしくもなくじわりと睫毛が濡れたのに気づき、ゼンは唇に歯を立てる。

次の瞬間だ。

「おまえが人間とのハーフか？」

突如、暗闇から低い声がした。息を呑み、全身に力を入れて目を凝らす。暗闇のなか、うっすらと浮かび上がったシルエットは——自分たちが見慣れているのとは異なる獣人の姿だった。

こつこつと靴音をさせて近づいてきた獣人は、司祭のごとき黒いローブを身につけている。

「本当にいたとは——俄には信じがたい」

静かな話し方にしても、立ち居振る舞いにしても、値踏みするかのような視線にしても、抱いていたイメージとはまるでちがう。野蛮で粗野、人間を傷つけることしか考えていない、それが獣人のはずだった。

だが、目の前に立つ獣人はその画一的なイメージを覆す。まるで人間みたいだ、と言えば果たしてどんな反応を示すだろう。

「ジューザが人間の女を孕《はら》ませたという噂はあった。だが、通常であれば、脆弱な人間の腹で育つはずなどない」

もったいぶった物言いにはなんの感慨もなかった。ジューザが誰なのか知らないし、いまさら特に知りたいとも思わない。

「遥か昔、人間が我らより優位に立っていたと信じられるか？　獣人を奴隷同然に使役していたと。なにかの間違いだと思いたいが、おまえらは傲慢で身の程知らずだ。我々のほうが強く、俊敏であるのに短命というだけでまるで人間のほうが優れているとでも言いたげな振る舞い。不可侵協定？　ジューザがなにを決めようと私は認めん。絶対にな」

鬱憤を晴らすかのように詰《なじ》ってきた獣人は、よほど人間が嫌いなのだろう。おかげではっきりしたこともあった。

目の前の獣人が、どうやらジューザという同族に対抗心を燃やしていること。獣人は人間に支配されていた過去があるらしいこと。そして短命なこと。

ハーフである自分に興味を持ったのは、単なるものめずらしさというよりこのあたりが関係しているのか。

「おまえには、まずは子をなしてもらおうか。人間との混血だと聞いて、うちの女どもはおまえに興味津々だ」

だが、この一言には背筋が凍る。切り刻まれるよりもずっとおぞましい。

「……断る」

即座に拒絶すると、はっと獣人が笑った。

「中途半端な醜い姿で、自分は人間のつもりか？」

侮蔑さえこもった言い様に、初めて自分がなにも身につけていないことに気づく。狼狽《うろた》えてしまったのは羞恥心からではなく、どこの誰とも知れない奴に制服を脱がされたという事実がショックだったせいだ。

その誰かが獣人だから、ではない。獣人でも人間でも、悠生以外に指一本触れられたくないのだ。

ずいと近づいてきた獣の顔から反射的に目を背けたのも、同じ理由からだった。しかし、どうやら相手は勘違いしたらしい。

その大きな毛むくじゃらの手で顎を摑んできたかと思うと、嗤笑を浮かべる。

「それにしても、なんともひ弱なことだ。我らと同じ血が半分流れているなど信じられんな。仲間が何人もおまえの手にかかったと聞いているが、それもなにかの間違いじゃないのか」

心底見下しているのは、言葉以上に視線で伝わってくる。

「まあ、ジューザも情けない奴だった。あいつは、許しがたいことに人間の女を逃がして、結局裏切り者として自身は処刑されるはめになった」

侮蔑のニュアンスを感じとっても、特に腹は立たなかった。互いに嫌い合っているのは確かである以上、どうしてまともに取り合う必要があるだろう。仮に出自に関する話をすることで反応を窺おうとしているのだとすれば、呆れてしまう。

顔すら知らない親より、悠生や遥大のほうがよほど重要で大切だ。中途半端な自分が人間としてまともに生きていられるのは、他の誰でもなく、ふたりが傍にいてくれるおかげなのだ。

心中で名前を呼び、貼りついていた唇を解いたゼンは視線を戻し、獣人を見据えた。

「おまえらは平然と仲間を餌にするばかりか、同族殺しまでするのか」

事実を言ったにすぎない。が、自分で思っていた以上に嫌悪感が声音に滲んだ。

「貴様——」

どうやらそれを察したらしい。途端に、顎を摑んでいる獣人の手に力がこもる。

「……っ」

長い爪が皮膚に食い込み、顎がいまにも砕けてしまいそうなほどの痛みに襲われ——実際そうするのは簡単だろう——奥歯を嚙み締めて激痛に耐えた。

こんなのなんでもない。我慢できる。なぜなら自分は悠生のもとへ戻らなければならないからだ。

だって、戻るって約束したんだ。

心中でそう叫んだ直後だった。

「ゼン、だったか」

獣人がかっと目を剝いた。

「あぁぁっ」

強烈な熱に脳天を貫かれる。身体じゅうに広がり、指一本動かせなくなった。摑まれているのは顎なのに、心臓が痛い。血が全身を巡る音が聞こえてくるようで、呼吸もままならなくなる。びくびくと痙攣する四肢を自分では止めることもできず、飲み下せない唾液が顎を伝っても拭うこともできない。

「は、はぅ……う」

肌を搔《か》き毟《むし》り、叫び声を上げたいがそれも叶《かな》わず、ただ酸素を求めて口を開けるしかなかった。

「サブドロップか。面白い」

嗤笑交じりにそう言われても、なにも答えられない。

「歯が発達し、口が裂け、皮膚を破って硬い毛が生えてきた。半端な人間の下から獣の証が現れてきたぞ。次はなんだ?」

ただ恐怖に囚われているのを実感するだけだ。

「ぅあっ」

背後に回ってきた大きな手が尾をぎゅっと摑んでくる。

「こんな短い尾でも敏感なんだな」

「う、う……ぐっ」

怖い。怖くてたまらない。これほどの恐怖はいままで感じたことはなかった。ぶるぶると震えるばかりで、まともに考えることもできないのだ。

圧倒的な存在の前にはいかに自分が無力であるか——自分のなかの存在意義すら呆気なくへし折られてしまう。

「拘束を解いてやれ」

獣人が命じる。

「しかしザイン様……このままでは、この者は壊れてしまいます」

他にも誰かいるとは思わなかった。戸惑いの滲んだ声がそう答えたが、ザインという名前らしい獣人は権高に一蹴した。

「解け」

すぐさま拘束が解かれ、ゼンは冷たい石の床の上に頽れる。言いようのない恐怖心のなか、大きな鉄の塊で押し潰されてでもいるかのような苦痛が矢継ぎ早に襲ってきた。必死で正気を保とうとするが、短い息をついて意識を失わないようにするのがやっとの状態だ。

「ゆ……くん」

そのうち自分がなにを口走っているのかあやふやになってくる。それでも、すがるように悠生の名前をくり返した。

「ジューザの息子を味見するのも一興。その後はひとりでも多くの子をなせ。長命で強い子をな。うまくいったら生かしてやる」

すでに言葉も理解できない。

〝Ｃｒａｗｌ〟

冷酷な命令を受けてキンと鼓膜が震え、締めつけられるような頭痛に堪えきれずに嘔吐《おうと》する。このままどうなるのかと不安が頭をもたげたが、すべてが曖昧になった脳内に悠生の顔を思い浮かべた途端、嘘みたいに恐怖心は消えていった。

悠生はやはり特別だ。

「うぅ……は……っ」

——ゆっ……くん。

息苦しさのせいで大きく口を開けて胸を喘がせながら、意識が途絶えるその瞬間までゼンは悠生のことだけを思っていた。

# YUSEI

原生林の生い茂る森にひそみ、枝葉の多い木を選んで登った悠生は、双眼鏡越しの光景にぶるりと震える。森を抜けた先に広がっていたのは、想像していたものとはかけ離れていた。

獣人のイメージから荒涼、もしくは鬱然とした場所を思い描いていたが、そのどちらでもなかった。

崖のごとき堀にかかる石橋を渡った先にあるのは重厚な木製の門扉。その向こうには住居だろうか、四角い石造りの建物が整然と並び、さらに奥にはひときわ厳めしい館がある。石材を積み重ねた館は中世の城さながらで、尖頭《せんとう》アーチやドーム型の屋根の架構が可能な技術を有している事実に驚かされる。

単なる未開で野蛮な集団ではないのは確かだ。町全体が要塞都市そのものだと言っても過言ではなかった。

いずれにしても森を隔てた向こう側はまるで別世界。灰色の空のもと、モノクロ映画でも観ているような感覚に陥った。

重くまとわりつく空気は心なしか澱《よど》んでいて、首のスカーフを鼻まで引き上げる。

先刻、エイカを無事に保護したとの報告を受けた。となると、ゼンはすでに先方と接触済みだと考えていいだろう。あの館の中に囚われているのかもしれない。

いま頃どんな目に遭っているかと思えば気が急くが、ひとり暴走すればうまくいくものもいかなくなると自身に言い聞かせ、なんとか耐える。遥大からの指示を待つ間、せめて自分のできそうなことをと、さらに敵地を観察していった。

門扉の前に立つ門衛はふたり。そこまでの距離はおよそ二百——いや、二百五十はあるか。いずれにしても狙うには遠すぎるため、弓を使う際は近づく必要がある。

果たして遥大はどうするつもりなのか。

待機を指示されたあと、ぷっつり連絡が途絶えてしまっている。永遠にも感じられるほど長い時間待たされているうち、なにをやってるんだと苛立ちがこみ上げてきた。

いっそ門衛だけでも先に片づけるかと、何度頭をよぎったか知れない。

やがて夜の闇が少しずつ薄れていき、空の色が淡くなり始めた頃、やっと待ちかねたその瞬間がやってきた。

「悠生！」

てっきり無線機越しだと思っていたので、直接名前を呼ばれて面食らう。しかも後方支援の団員も顔を揃えていて、ランプに浮かび上がった顔はみな疲れきっているばかりか、怪我をしている者もいる。まるで命からがら逃げてきたかのように——。

「なにかあったのか」

ただならぬ様子に木から飛び降りる。

「やられた……っ。エイカと、警護していた団員三人が拉致された。端から向こうに解放する気はなかったんだ」

「……っ」

ぎりっと奥歯を嚙み締めた。だとすればゼンが投降したのは無意味、どころか五人の人質をとられたことになる。

「迂闊《うかつ》だった。十分その可能性はあったのに」

遥大が悔しさをあらわにする。

「『セイゼイイマノウチニ愉シンデロ』」

「――――」

「命からがら逃げた団員が、奴らのひとりが嗤いながらそう言うのを聞いたと」

悠生にしても怒りではらわたが煮えくりかえる、そんな感情を初めて味わう。おそらく奴らの目的は人間を支配下に置くことだろう。

どうやら遥大も同じ考えのようだ。

「たぶん今夜だ。奴らはきっと攻撃してくる」

そう言った遥大に、悠生は頷く。

まんまとやられたと嘆くより、わかりやすい捨て台詞を残していった相手の油断を好機と捉えるべきだ。

「ポートの警備は、イクアムの自警団が請け負ってくれた。僕らは、夜明けとともに敵地に乗り込んでゼンと人質を助け出す。奴らが動く前に、こちらから奇襲をかけるよ」

遥大の言葉を証明するように、みな銃や弓を手に武装している。一方的に嬲《なぶ》られるつもりはないと、強い意志がみなの双眸には宿っていた。

そのとき、手に松明《たいまつ》を持った集団が近づいてきた。

「俺たちも戦う」

カダムとユマ、ナザンの精鋭たちだった。普段は自警団を派遣するだけの彼らにしても、もしポートの町が獣人の手に落ちれば、次に襲われるのは自分たちの町だとよくわかっているのだ。

「ああ。心強い」

頷いた遥大が、それぞれのリーダーたちを呼び、手順を述べていく。

「夜明けに門衛が交代する際、あの門が開く。そのときがチャンスだ。勝算はある。奴らは夜行性で、日中は極端に動きが鈍くなる」

遥大は不可侵域の森に、しかも獣人の棲み処の傍まで調べに入っていたのか。

驚いたものの、少しも不思議ではないと気づく。遥大は好奇心旺盛で、行動力があり、ひとり海洋に出て、行けるところまで行ってみたと言っていたくらいだ。十年の間ポートの町でおとなしくしていたはずがない。

「門が開いたら、まずは悠生たちに門衛を倒してほしい。全員で門から攻め入って、僕らで敷地じゅうに爆薬をしかけて回る。それとは別に火をつけて回る班と——銃剣班は、できるだけ正面からの戦いを避けながら彼らを守るために動いてくれ。それから弓班は」

「火をつけながら守れ、だろ？」

両方の役目が果たせるのは、弓を持つ自分たちだけだ。

「ああ、頼む。あと、ゼンのことは悠生に任せる」

言われなくても。

十中八九、ゼンは他の人質たちとは別の場所に幽閉されているだろう。

深く頷くと、遥大はリーダーたちの顔を順に見てから最後にこう締めくくった。

「町と家族のために戦おう」

おそらく、家族という一言はひときわみなの胸に響いたにちがいない。より恐怖が身近に感じられ、なにがなんでも勝たなければとこの場にいる全員の心がひとつになった瞬間でもあった。

ぎりぎりまで近づき、身をひそめて合図を待つ。

いくらもせずに雲の隙間から日の光が垂れ込めだしてまもなく、その瞬間が訪れた。

「門が開く」

監視役の一言に、一気に空気が張り詰める。

アイコンタクトを交わした、刹那。

「おい！」

まずは弓班が森から飛び出すや否や声をかけ、門衛の動きを止めると同時に弓を射た。

まっすぐ放たれた矢がふたりの門衛の額を貫いたときには全員駆け出していて、そのまま門の中へと雪崩《なだ》れ込《こ》んでいった。

「人間ダ！」

「火ヲ放タレタ！」

「人間ガキタゾ！」

あちこちで上がる火の手に獣人たちが慌てふためく。建物は石造りであっても、入り口に積まれた薪、扉や荷車、使われていない水車など、一度火の手が上がれば一気に燃え上がる。

家畜を解放したあとの小屋など格好の火種だ。

「ウアアアアアッ」

住居から飛び出してきた獣人たちは火に怯え、我先にと逃げ出す。正常な判断能力を失い、闇雲に襲いかかってくる者らを躱《かわ》すことは不可能ではない。日の光のもとで奴らの動きは鈍く、一対一でもない限り十分チャンスはある。

獣の咆吼、銃声、悲鳴。敵味方入り乱れ、どちらが押しているのか戦況も定かでないなか、自身の仕事をするために火の手を避けてゼンを捜した。

「ゼン！　ゼン！」

呼びかけに答えてくれることを信じて。

「ゼン！」

直後だ。

「なんの騒ぎかと思えば」

黒ずくめの獣人が目の前に立ちはだかった。これまで見てきた者らとはちがうのは一目瞭然だった。

毛むくじゃらの顔。尖った耳。大きく裂けた口からは二本の鋭い牙。それらは他の獣人と同じだが、目の前の獣人は明らかに支配者層だと察せられる。

最初に遭遇した獣人は布きれ一枚身につけていなかった。次も同じだ。一方で、いまさに騒乱状態にある獣人たちは簡易な衣服をまとっていた。

そして、他の者らより発達した体軀を誇る黒いローブの獣人。

こいつがボスか。

口調や態度には傲慢さが滲んでいて、その背後に控えている獣人が「ザイン様」と恭しく呼んだことでも察せられた。

おそらくは力も知性も他の者より秀でているのだろう。高慢な目つきで見下ろされ、どっと汗が噴き出す。震えないよう両足を踏ん張らなければならないのが情けなかった。

「まさかあの出来損ない一匹のために乗り込んできたと？」

なにが可笑しいのか、鋭い牙を剝き出しにしてザインが呵々と笑う。

「言っておくが、あれはもう戦闘員としては役に立たないぞ。サブドロップを起こして気が触れてしまった。まあ、子種を提供するにはなんの問題もないがな」

「……てめえっ」

くらりと、目眩がするほどの激情に脳が沸騰した。血が逆流するかのような激しい怒りを覚えたのは初めてだ。

ゼンがどんな目に遭わされるか、最悪のケースも無論想像した。が、想像に意味はないとすぐに思い知らされた。

ゼンを捕らえた張本人の言い分なら、なおさら鵜呑みにする気はない。

「ゼンはどこだ」

取り乱せば相手の思うつぼだ。頭を冷やせと自身に言い聞かせ、低く問う。舐めるように周囲へ広がっていく炎のなかあちこちから悲鳴や怒号が飛び交っているが、もはや意識の外だった。

ザインに至っては、端からどうでもいいとばかりに泰然と構えている。

相手との距離は——三メートルほどだろうか。ザインにその気があれば瞬時に叩き潰される間合いであっても、おそらくそうならないはずと確信があって挑戦的な態度をとった。

「ゼンはどこにいると聞いているんだ」

二度目の問いにザインが目を眇め、しばし思案のそぶりを見せる。

納得した答えを得るまであきらめるつもりはない、捜し続けるだけだ、その思いは少しも変わっていなかった。

「いいだろう」

こちらの思惑を知ってか知らずか、ザインが顎をくいとしゃくって誘ってくる。

「弓は捨ててついてこい」

罠か。だとしても、ここまで来ていまさら躊躇してもしようがない。必ずやってくれると信じて仲間に任せ、自分はゼンを見つけることだけに心血を注ぐ。

ザインと側近に挟まれる形で館内へ足を踏み入れた悠生は、自身の鼓動の速さに気づき、ぐっと両手を握り締める。なにしろ相手は二メートルを超える獣人だ。恐怖心がまったくないと言えば嘘になる。

ランプに照らされた石の回廊に窓はなく、薄暗い。高い天井に三人分の靴音が反響するのを聞きながら、外に比べていくぶんひやりとしているにもかかわらずうっすら汗ばんでくるのを実感していた。

いくつかある扉には厳重な錠がかけられているが、ザインは素通りしていった。円形のフロアに出る。そこからは四方に通路が延びていて、どれも同じに見える。薄暗く、湿った通路だ。一度や二度訪れたのでは迷ってしまうにちがいない。

ひとつの通路を、ザインが指さした。

「まっすぐ進めば、望みの相手と対面できるぞ」

「――――」

この先にゼンが。

「罠はしかけてない。その必要もないからな」

ザインの言葉はすでに耳に入らなかった。ゼンを取り戻すために示された通路へ駆け出す。

「ゼン！」

二百メートルは全力で走っただろう。通路よりもさらに暗い空間に出た。

「ゼン！」

奥に誰かいる。気配を感じとり、迷わず悠生は足を進める。鉄格子があり、気配はその向こうからした。

鉄格子を両手で摑み、顔を近づける。

「ゼンか？」

壁際のあたりのぼんやりとしたシルエットを確認すると、ふいに灯りが差し込んだ。誰かが蹲《うずくま》っている。びっしりと毛の生えた背中が見えた。

「ああ、言い忘れていたが、なくしたのは正気だけじゃない。人間の風貌も、だ。おまえが捜している者は、いまや本能のみで動く単なる獣だ」

背後に立ったザインが冷ややかに言い放つ。

嘘だ、と喉まで出かけた一言を呑み込んだ。むくりと身を起こしたその生き物は、よく見れば獣化の途中で、腹や腕はまだ人間のものだ。こちらを向いた顔の変化もやはり完全ではなく、右半分はもとの面影を残している。

ゼンは口を大きく開くと、唸り、牙を剝いた。

「……ゼン」

くくと、愉しげにザインが笑う。

「あまり近づかないほうがいい。食いちぎられるぞ」

まるで親切心からだとでも言いたげな忠告に、うるせえと嚙みつく。平静を装おうなどという気持ちはとうに消えた。

「鍵を開けろ！」

ゼンにいったいなにをしたのか。サブドロップを起こしたと言っていたが、自我を失うほどひどい仕打ちであるのは間違いない。

ザインへの怒りがこみ上げる。いや、それよりもいまはゼンだ。一刻も早く暗い檻から解放したかった。

「いますぐゼンを解放するんだ！」

だが、ザインはなおも腹立たしい助言をしてくる。

「どうしてもというなら解錠するが、後悔するはめになってもいいんだな。いや、後悔しようにも、その間すらないだろう。言っておくが、ソレがおまえに襲いかかっても私は止めない」

なにより、ゼンが自分の所有物であるかのような言い様に腹が立った。

――ゆっくんと、俺だけでいい。

――うん……ゆっくんが、いい。

冗談じゃない。ゼンは俺を選んだんだ。

焼け焦げそうなほどの激情が胸の奥からこみ上げる。解放しろと叫ぶように同じ台詞を口にすると、ザインの指示でようやく側近が檻に歩み寄った。びくついているところをみると、側近はゼンに襲われることを恐れているようだ。

その証拠に扉の鍵を開けるや否や、すぐさまザインの背後へ避難する。扉を開けるためにに手を伸ばそうとした、次の瞬間、目にも留まらぬ速さでゼンが飛びかかってきて、悠生はその場に押し倒された。

あまりの衝撃に呼吸が止まる。

「……ゼン」

咄嗟に突き出した左前腕に噛みついたゼンは、グルグルと喉で唸りながら容赦なく歯を食い込ませてくる。これが喉だったらと思うと、ぞっとした。衣越しとはいえ、ゼンが首を動かすたびに激痛が走り、カーキ色の制服は血で染まっていく。

正気を失っているのは、その双眸が底光りしていることで明白だった。

いまのゼンは凶暴な獣そのものだ。このままでは本当に食いちぎられかねない。

「いってぇ。熱烈歓迎だな、ゼン」

はは、と笑い飛ばしてみせる。

痛みは凄まじく、脂汗がどっと噴き出してもゼンを拒絶したくない、その一心でやせ我慢をする。

半面、剝き出しの本能をぶつけられても不思議なほど恐怖心はなかった。

もう一方の手をゼンの身体へ回す。なぜかひどく怯えているように感じられたので、そのまま引き寄せた。

「よかった」

こうなってしまった理由を考えると怒りでどうにかなりそうだったが、それ以上に生き

ていてくれたことが嬉しかった。生きて、一緒に帰れる。いまはその事実だけで十分だ。

気が遠くなりそうなほどの痛みがゼンが生きている証のように感じられ、血に飢えているならもっと噛めばいいとすら思いながら、強く抱き締める。

「もう大丈夫だ、ゼン。迎えにきたよ」

痛みと失血のせいでいよいよ脳天がくらくらし始めても、考えていたのはどうやってこの場から去るか、そのことだけだった。

「愚かな」

せっかく忠告したのに、とでも言いたげにザインが口を挟んでくる。

「結局のところ、軟弱な生き物の末路は決まっているのだ。まあ、ソレに噛み殺される最初の人間になるのだから、むしろ名誉に思え」

ザインの勝ち誇った様は、心底不愉快だ。

「うるせえよ」

それだけでは気がすまず、邪魔だ、と吐き捨てた。

「貴様……私が頭蓋を砕いてやろうかっ」

どうやら逆鱗《げきりん》に触れたらしく、ザインが吼える。しかし、ザインに構っている場合ではなかった。

まだなんとか頭が働くうちに退路を確保しなければ、と鈍くなった思考を懸命に巡らせる。抱きかかえて連れ出すのは難しい、とその考えを捨てた悠生は、痛みが薄れていることに気づいた。

腕に突き刺さっていたゼンの牙が抜かれているのだ。

「うぅ……ぅ」

代わりに、すすり泣く声が耳に届く。

「ゼン」

聞き間違いなどではない。胸元で泣きながら、ゼンが「ゆっくん」と小さな声で名前を呼んできたのだ。

「ごめ……ゆ、く……嚙んで、ごめ、なさ……」

べそべそと泣くゼンの頭に手をのせる。硬い毛を撫で回してから、

「これくらいなんでもない」

安堵した悠生は身体の力を抜いた。

実際、ゼンを取り戻したことに比べれば、傷のひとつやふたつなんでもない。それよりも泣き顔を見ていると、変わらないなと頰が緩む。多少毛深くなって、牙があろうとゼンはゼンだ。

素直でまっすぐで、存外泣き虫なところのある、俺の相棒。

「ゼン」

ゼンが自我を取り戻したのであれば、長居をするつもりはない。あとはここから去るだけだ。

帰ろうと言おうとした、そのときだ。ドンという地鳴りのような轟音《ごうおん》とともに激しい振動が伝わってきた。

やっとか。

小さく呟いた悠生は身を起こす。

「さあ、急いで帰るぞ」

爆薬の設置を終え、スイッチが押されたのだ。思わず親指を立てたのと同時に、二発目の爆発音が轟《とどろ》く。悲鳴のような咆吼が続き、残っていた獣人たちがパニックになっている様子が手にとるように伝わってきた。

まさに阿鼻叫喚という表現がふさわしい。

「急ごう」

ゼンに手を差し出す。当然応えてくれると思っていたのに、ゼンは戸惑いを浮かべ、泣き濡れた睫毛を伏せた。

「でも、俺、こんな姿になって……」

「ゼン」

「そんな……見ないでっ」

縦長になった瞳孔を涙で歪ませるゼンに、そうだなと同意する。ゼンが傷ついているのは間違いないし、自分にしても少なからずショックは受けた。

「びっくりしたけど、俺はゼンが無事だったことのほうが嬉しいよ。どんな姿でも、ゼンはゼンだろ?」

だが、これこそが嘘偽りのない本心だ。なにが一番大事なのか、なにを優先すべきなのか間違えるわけにはいかなかった。

「ゆっくんは、ゼンがこんな姿でも平気? 傍にいられる?」

「ああ。誰がなんと言おうと傍にいるし、ゼンに俺の傍にいてほしいって思ってる」

「……ゆっくん」

もう一度、頭を撫でる。せっかく感動のシーンだったのに、場の空気を読まずにまたしても邪魔者が割り込んできた。

「信じられん」

ザインだ。

うんざりしつつ、振り返る。

「まさか——その人間が自我を取り戻させたというのか」

ザインの声、表情は驚きに満ちていた。

「出生のみならず、おまえはすべてにおいて変則、特異らしい。なんとしても帰すわけにはいかない」

ザインは次々起こる爆発など意にも介さず、ゼンに対して強い興味を示す。執着心すら伝わってくる。さらには昂揚も見てとれ、吐き気がするほどの怒りと嫌悪感がこみ上げてきた。

「勝手に言ってろ。俺たちは帰るんだよ」

いや、正直に言えば多少の優越感もある。おまえと俺はちがう、ゼンは俺を選んだんだよと視線に込め、せせら笑った。

スカーフを腕に巻いて止血したあと、ゼンの手をとる。今度はしっかり握り返してくれたことにほっとしたのもつかの間、ザインが眼前に立ちはだかった。

同じ獣人の見かけであっても、他とはまるで異なる。巨大な体軀も、全身から放たれる殺気や凶暴性も。

「マジかよ」

直前よりさらにひと回り厚みが増したように見えるローブの下の肩や胸元を目の当たりにして、ザインが支配者である事実をまざまざと思い知らされた。

ザインに比べれば、ゼンなど仔犬も同然だ。

いまさらながらに圧倒される。噴き出す汗に反して、口の中はからからだ。

せめて弓があれば……すぐにかぶりを振った。弓があったところでこの腕では正確に射るのは難しいだろう。

「……くそっ」

太い腕を振り上げたザインが襲いかかってきた。

その巨体には不似合いなほどの俊敏さに、避けるのが精一杯だった。

それも、タイミングよく三発、四発と爆発が続いたおかげで避ける間があったにすぎず、すぐに追い詰められる。ザインの一撃で抉《えぐ》れた石の床を目の当たりにして、あらためて自分がどういう相手に対峙しているかを否でも痛感させられた。

「ゆっくん。先に逃げて」

低い体勢でゼンが叫ぶ。

その双眸はザインへの敵意、さらには闘争心に満ちあふれていた。

「見ろ。そやつの姿、目つき。混血だというが、いまやどう見ても我々側だ」

ザインが声を弾ませる。ザインにとってゼンは、なんとしても手に入れたい希少種なのだろう。その証拠に、本人の意志を一度として確認していない。

「貴様は逃がしてやる」

ザインがこちらへ向かってそう告げてきた。

「その者を置いて、みなを連れて帰るといい。協定も継続すると約束しよう」

さらには停戦の提案までしてくるのだから、よほどゼンを手中におさめたいようだ。

「なんだ、それ」

ザインへの返答は決まっていた。

「承知するとでも？　俺はゼンを連れて帰るし、勝手に協定を反故にするような奴と交渉する気もない」

「そうか。だったらここで死ね」

言い終わるが早いか、鋭い爪で襲いかかってくる。凄まじい跳躍力であっという間に距離を詰められ、引き裂かれる寸前、ゼンがザインに飛びかかった。

ごろごろと石の床をザインとゼンが転がる。互いに唸り声を上げ、血走った双眼で相手を嚙み殺す勢いで牙を剝く。

縺《もつ》れ合って戦うゼンの姿に、迷っている時間などなかった。

ゼンをひとりにするなんて、二度とごめんだ。でも、足手まといになるのはもっと厭だった。

せめて武器があれば——。

「すぐに戻ってくるから！」

一言言い残し、悠生は駆け出した。弓を捨てた場所へと向かううちにも爆発音は続き、館は揺れ、天井からぱらぱらと石が落ちてくる。

よろめきながら壁を伝って外へ出ると、一目で状況が把握できた。

町は燃え、獣人、人間の区別なく血を流して倒れている。

だが、崩れた石の下敷きになっているのは獣人ばかりだ。それも当然で、事前に爆薬をどこにしかけるか把握していた側と不意打ちを食らった側では、結果は目に見えていた。

弓と矢筒を、捨てた場所で拾う。しかし問題は、負傷した腕が使いものになるか、だ。

「悠生！」

遥大だ。どうやらエイカたちの奪還に成功したらしく、背後にはみなが顔を揃えている。

「最後の爆薬が作動する前に退くよ」

爆発は、獣人を混乱させてちりぢりにするのが目的だと説明されている。ただし最後のは別。その場に留まっていたら巻き込まれる、とも。

「わかった。ゼンを連れて戻る」

踵を返そうとした悠生に、

「これを」

遥大が投げて寄越したものを咄嗟に掴んだ。

ゼンの刀だった。

「ありがとう」

もはや一刻の猶予もない。急いで地下室へと戻る。階段を駆け下りているときから、ゼンとザインの激戦がびりびりと伝わってきた。

「ゼン！」

地下室へ着いたとき、仰向けに倒れたゼンをザインが巨体で押さえつけていた。

側近の姿はない。度重なる爆発に怖気づいたのだろう、ボスを置いて逃げ出したようだ。

「おまえのような半端者が私に勝てるとでも？」

ザインは、あろうことかべろりとゼンの頬を舐める。ゼンへの興味に性的なものも含まれるとこの期に及んで気づき、かっと頭に血が上った。

腕の痛みも忘れて弓を引く。

頭を狙ったつもりだったが、激情のせいか手元がぶれ、矢はザインの肩に突き刺さる。

「グァァッ」

それでも、痛みは与えることができた。

「小賢《こざか》しい真似を」

こちらを睨んだザインが、矢を掴んで引き抜く。その間わずか二、三秒。だが、十分だった。ザインの下から抜け出し、体勢を整えたゼンに刀を放るには。

幸いにも右手はまだ完全な獣化を逃れていて、それを掴むが早いかゼンは目にも留まらぬ速さで鞘を払う。

「飛べ、ゼン」

叫んだのと、ゼンがふわりと宙に舞ったのはほぼ同時だった。

重力を感じさせない動きには、何度目にしても釘づけになる。華麗な演舞さながらに見えても、その威力は絶大だ。

自分はよく知っていたが、初めてのザインには予想もつかなかったのだろう。数瞬後、まさか小柄な獣人ハーフが自身の脳天に刀の切っ先を突き刺すなどとは微塵も思わなかったにちがいない。

「な……なんだ……っ」

ザインは驚き、信じられないとばかりにゼンを見つめ、その場に膝から頽れた。

かっと目を見開いたまま倒れたザインを、同情を込めて見下ろす。ゼンを特別だと認めていたにもかかわらず、混血と侮ってしまったのが運の尽きだ。

「相変わらずすごいな」

帰ろうと手を差し出す。迷わずその手をとり、握り返してきたゼンに頷くと、ふたりで抜け出した。

外へ出ると、そこには遥大が待っていた。

「早く！　間に合わなくなる」

すでにこちら側は退避し、敵側にしてもちりぢりに逃げたあとで、視界に入るのは仲間に見捨てられ、崩れ落ちた建物の下敷きになった獣人たちの姿だった。

火の間を縫い、三人で全力疾走する。いまや残骸同然となった門をくぐり、命からがら石橋を駆け抜けた。

森がすぐそこに見えたそのとき、激しい爆風を背後から浴びて身体が浮く。一瞬息が止まるほど強く地面に叩きつけられた悠生は、ゼンと遥大の無事を確かめるため、倒れた姿勢のまま左右へ目をやった。

「うぅ……火薬が、多すぎたか」

同じように倒れ、顔をしかめている遥大。

ゼンは――俯せになった状態でぴくりともしない。

「ゼン！」

慌てて起き上がり、その身体を抱えると、ゼンが瞼を持ち上げた。

「……だい、じょぶ。お腹減ってるだけ」

その一言にほっとし、ははと笑った。囚われてから、ひとりザインと戦い続けていたのだから疲労困憊《ひろうこんぱい》しているのは当然だった。

「よく頑張った。家に帰ったら、ゼンの好きなものを好きなだけ食べたらいい」

褒めるといつもなら嬉しそうな顔をするのに、ゼンの表情は冴えない。その理由は問うまでもなかった。

嚙みついたことをまだ引きずっているのだ。

赤く染まっているオレンジ色のスカーフを見て項垂れる様に苦笑した悠生は、ザインのせいで赤黒い痣《あざ》になってしまっているゼンの毛の生えた首に指先でそっと触れた。

「ふたりで分けるって約束だったろ？　怪我も半分ずつでよかったって思ってるのは俺だけか？」

獣化が進んでいるとはいえ裸でみなのところへ戻るわけにはいかず、シャツを脱いでゼンに着せ、上から下まで釦《ぼたん》を留めていく。マイクロミニのワンピースみたいで目のやり場に困るが、なにも着ていないよりはずっとマシだ。

最後の釦を留めたとき、ゼンは大きくかぶりを振った。

「ふたりで半分ずつ分けた」

「ああ、そうだ」

やっとゼンの表情に明るさが戻る。

三人で森へ入ってまもなく、

「先生！」

リウトやエイカを始め、軽傷だったポートの団員数名が待つ場所に到着した。自分と遥大の間にいるゼンの見慣れない姿にみな困惑を見せるが、

「無事でよかった」

遥大の一声に、まずは互いの幸運を喜んだ。

リウトの報告によれば当初想定していた以上に奇襲はうまくいき、被害は出たものの最

小限だったという。怪我人はすでに収容され、近隣の自警団は撤収済み。

反して、獣人側のダメージは計り知れない。離散した者が仮に同じ場所に戻って再建するとなると、長い年月がかかるにちがいなかった。

「ゼンがボスを仕留めたし、上々だな」

ゼンの名前を出したところ、それを待っていたのか、リウトが躊躇いつつ口火を切った。

「獣化、したんですね」

この質問には、今後さらに獣化が進み、完全な獣人になるのかという質問も含まれているとわかる。

あるいは、もとに戻れるのか、と。

遥大がゼンを見て、目を細めた。

「どうだろうね」

「見かけのことは答えられないけど、中身についてならはっきりしてる。ゼンはまったく変わってないよ」

決め台詞を先に言われてしまい、悠生は顔をしかめる。いつもいいところを奪っていく遥大に少しばかり悔しさを覚えつつ、みなの反応を窺った。

過剰に怖がるのではないか。その危惧はまったくの杞憂だった。

獣人に攫われて恐ろしい思いをしたであろうエイカが口を開く。

「ゼンは、俺や他の人質になった仲間を守ってくれた。俺たち人間は不要だからとすぐに始末されるはずだったのに、ゼンが身を挺してかばってくれたんだ。指一本でも触れたら、おまえらを皆殺しにしてやるって」

皆殺しというところがゼンらしい。せっかく手に入れた被検体を傷つけるわけにはいかないと判断したのだろう、奴らに選択肢はなかった。

ゼンは本当によくやった。誇らしさで胸が熱くなる。

「えらかったな」

いま一度褒めると、ようやく照れくさそうにゼンの表情がやわらぐ。いつものゼンだ。そう思った矢先、ゼンはいきなり鼻を鳴らしたかと思うと、きょろきょろと周囲を見回し始めた。

「パンの匂いがする」

と言って。

「あ……俺が」

ポケットから包みを取り出したのは、団員のひとりだった。

「いらないって言ったのに、おふくろに持たされて——食べる？」

恐る恐る差し出された包みを素早い動きで奪ったゼンが、ポケットの中で潰れたパンにすぐさま齧《かじ》りつく。

「あ、ありがとう。いただきます」

ひとくち飲み下してから手を合わせるところがゼンらしい。

ゼンが残り半分も口に放り込もうとしたタイミングで、予期していなかったことが起こった。頭上から毛のかたまりがポトリと落ちてきたのだ。

条件反射で悠生が受け止めると、あろうことかそれは獣人の赤ん坊だった。

「非戦闘要員は、爆破前の火災で逃げたはずだったけど……親に置き去りにされたのか」

ぬいぐるみみたいな獣人の赤ん坊は、腹が減っているのか懸命に指しゃぶりをする。それを見たゼンが、名残惜しそうにパンを小さくちぎり、赤子の口許へ運んだ。

赤子はすぐさまパンの欠片に吸いつく。その様は人間の赤ん坊となんら変わらない。

ゼンは興味を惹かれたのか、またパンをちぎって赤子に吸わせる。

「どうするんだ、これ」

ゼンと赤ん坊ふたりに目をやってから、遥大、そしてみなに問うたのは、悠生自身このまま放り出すわけにはいかないと思ったからだ。森にこのまま放置すれば、生き残る確率は限りなくゼロに等しい。

「連れて帰ったら、駄目かな」

そのため、ゼンがそう切り出したのは少しも意外ではなかった。

どうなるか、先のことはわからない。だが、前例なら目の前にいる。ハーフであるゼン

がみなに受け入れられたように、獣人の赤ん坊が人の里で育つ未来だって描けるはず。少なくともそう思いたかった。

「俺からも頼む」

悠生が頭を下げると、すぐにゼンが真似をする。

短絡的といえばそのとおりだ。実際、深く考えているわけではない。ゼンがそうしたいというなら最善を尽くす、ただそれだけだった。

「ここは多数決で決めたらどうかな」

もっともな遥大の提案に、ゼンが唇を引き結ぶ。ゼンにしても無謀な頼み事であると重々承知しているのだろう。

「じゃあ、賛成の場合は挙手ですね」

その言葉とともに、真っ先に手を挙げたのはエイカだ。二度も攫われたエイカこそがもっとも獣人に抵抗があってしかるべきなのに——少なからず驚いていると、リウトも挙手した。

「まあ、エイカがいいなら。それに、半分のゼンがこれほど強いんなら、将来自警団で活躍してくれるかもしれない」

軽い口調は、ジョークにでもしなければとても同意できないというリウトなりの心情の表れか。リーダーが同意したことで、躊躇いがちではあるものの、その場にいる他の者も倣った。

「あとは、町のみんなにどうやって納得してもらうかだね」

おそらく、それが一番難しい。見た目が人間だったゼンですらずっと恐れられていた事実を考えれば、望みは薄いような気がする。しかもいまそのゼンにしても獣化が進んで見た目が変わっているのだ。

が、以前との大きなちがいもある。仲間や理解者ができたという点だ。これほど心強いことはない。

ゼンもそう思ったらしい。結局残りのパンを全部赤子に与えながら、その表情はどこか明るかった。

「みんなお疲れ様。さあ、帰ろう」

遥大がにこやかに先導し、揃って帰路につく。

疲労困憊だったが、ゼンの腕のなかで寝息を立て始めた毛玉のような獣人の赤ん坊を見ているうちに、自分の手に落ちてきたことすら必然で、すべてのピースがうまくはまったような感覚になっていた。

たとえ単純だと笑われようとも。

なにしろゼンも自分もこの世界においては普通とは言いがたい。かつては特異、異例の存在だったのだから。

帰り着いた自警団を迎えたのは、町のみんなの拍手と涙だった。怪我の手当てを受けている間に行われた話し合いは案の定難航したらしく、結局獣人の赤ん坊はしばらく青年会の管理下に置き、ひとまず倉庫内に部屋を作ることで話がまとまったという。最終的に希望が叶い、ゼンが手元に引き取るにしても、いくつか越えなければならないハードルがある、と言った遥大の言葉には心からほっとしたし、ありがたくもあった。

説得に当たってくれただろう遥大やエイカたちには感謝してもしきれない。焦ったところでしようがないので、あとは認めてもらえるようゼンとともに努力するのみだ。

なんにしてもいま自分たちに必要なのは、一刻も早く自宅に戻り、ベッドに飛び込むことだった。

玄関のドアを開けると自室に直行したが、肝心のゼンが部屋の隅に立ち尽くしたまま近づこうとしなかった。

「なにやってるんだよ」

まさかまだ見た目を気にしているのか。

「だって、ゆっくんのシャツ着てたし、いっぱい褒めてもらったし」

もじもじとシャツの裾を弄る仕種。やや潤んだ双眸。

どうやら別の理由があるようだ。

「ゆっくん、怪我してるし、お医者さんも安静にするよう言ったし」

「つまり？」

「ゼンは我慢しなきゃいけない」

「なるほど」

本人は気づいているのかいないのか。ゼンがときどき自分を「ゼン」と呼ぶのは、構ってほしいという気持ちの表れだ。もしかしたらひとりぼっちだった頃、なにも持たなかったゼンにとって、唯一名前だけは自分のものだったからかもしれない。

「そっか。ゼンは俺に褒めてほしいんだもんな」

ゼンが選んだから、そう言ったのは遥大だ。そのとおりなのだろう。そして、悠生自身もゼンを選んだのだといまは思っている。

「ほしい。でも、我慢する」

短い呼吸をくり返しながらも歯を食いしばって耐える姿には、吹き出しそうになる。胸に広がるあたたかな感情は、可愛いとか愛おしいとか大事にしたいとか、そういうシンプルなもので、そんな気持ちが湧くことに気づかせてくれたのはゼンだ。

「ゼン、おいで」

ゼンの肩が跳ねる。

「ゆっくん、休まないといけないのに……ゼン、見守ってるだけのつもりだったのに」

そう言いつつも、ゼンはふらふらと歩み寄ってくる。途端にとろりとなった表情を前にすると、強い欲望を覚えた。

「ベッドに乗って——そうだな。俺は怪我をしてるから、自分で脱いでもらうかな」

「……ひゃ」

尖って獣っぽくなった耳を抓《つま》んで促す。くすぐったかったのか首をすくめてから、ゼンは恥じらいつつも頷き、シャツの釦に指をかけた。

「……あれ？」

シャツの前を開いたゼンの胸元へ目をやった悠生は、その変化に気づく。触ってみると、指の間に多量の毛が絡み、大半の肌があらわになっていた。

顔も、だ。左半分は特に獣化が進んでいたにもかかわらず、いまは元に戻りかけている。これはどういうことなのか、自分なりにしっくりする答えを出そうとした悠生だが、すぐに思考を放棄した。

後回しだ。

いまはそんなことより、情動に従うべきだろう。

体勢を変え、裸になったゼンをベッドに押し倒す。

「ゆっくん、怪我」

慌てるゼンの唇に人差し指を当てると、反論を封じてから顔を寄せ、額に口づけた。

「俺に褒められたいんだろ？」

「……ん」

「じゃあ、今日は俺の好きにさせろ。あとでいっぱい褒めてやるから」

途端にゼンの瞳が潤む。こういうところを見せられると、可愛くて、胸が疼いてたまらなくなる。

「好きにさせる」

ゼンが期待に満ちた表情で頷くのを待って、宣言どおり好きにする。ＤｏｍとかＳｕｂとか関係なく——いや、関係は大いにあるだろうが、本能に任せて快感を貪った。こうなった以上、なんにだってなってやると思いながら。

「ゆ、くん……ゼン、いい子？」

「ああ、すごくいい子だし、やらしいな」

背後から犯したあと、上にのせて揺さぶる。

「あ、あ」

小さく喘ぐ合間に、

「やらしいの、駄目？」

ゼンが濡れた声で問うてきた。

「駄目？　まさか。やらしいゼンはすごく可愛いよ」

「……ゆっくん」

達したあとも幾度となく繋がる。

自分とゼンの境目があやふやになるまで。

それは身体のみならず心まで満たしていき、目眩がするほどの快楽と心地よい充足感に溺れきったのだ。

オモチャの剣を持ち、廊下でチャンバラごっこをしているふたりをしばし眺める。ごっこと言っても遊びの範疇《はんちゅう》は超え、動きは本格的だ。

高い跳躍に、宙返り。

ゼンの動きはもとより、ついこの前までミルクを飲んでいたというのに、壁に足をかけて飛ぶ幼児の動きには何度見ても驚かされる。

「ラビ、急がないと遅れる」

ゼンは、子どもたちを対象に護身術を教え始めた。一番弟子はもちろんラビ——あの日連れ帰った獣人の子だ。多少、いやかなり揉めたもののゼンと自分が引き取り、ラビと名づけた子はあっという間に歩きだすと、人間より確実に速く成長し、いまや見た目は三歳児と同等、身体能力についてはそれ以上になった。

獣人の成長の速さは寿命の短さに繋がるというが、これに関しては楽観視している。そのうち遥大がなんとかしてくれるはずだ。

悠生自身は町役場への就職が決まったのをきっかけに独り立ちをして、九十と一日。

腕の傷はすっかり癒え、遥大の家とほぼ同じ造りの我が家を少しずつＤＩＹで自分たちの好みに変えつつ、先週は三人で小さな庭に花を植えた。以前なら想像もしなかった暮らしだ。

「ほいくえん、いきたくない」

たったいままでゼンとオモチャの刀でチャンバラごっこをしていたラビが、園服姿のまま膝を抱えて座り込んでしまう。その理由には心当たりがあった。

仲のいい友だちと些細なことで喧嘩になった際、「毛だらけ」と言われて傷ついたらしい。昨夜は泣き疲れて眠るまでふたりでつき添ったあげく、ゼンまで落ち込んでしまうようなあり様だった。

「ぼくだけ、けだらけ」

早晩こうなるのは目に見えていたので、驚きはない。周りの子たちが悪いわけでもなかった。それでも、傍にいるという以外の解決方法が見つからないことが歯がゆかった。

「ラビ」

ゼンが下着ごとパンツを下ろし、自身の尻をあらわにする。突然のことに咳き込む間にも、短い尻尾を上下左右に振ってみせた。

「同じ。こんな短い尻尾、ゼンだけ」

確かに説得力がある。とはいえ、尻尾を見せたいだけなら下着を膝まで下ろす必要はない。少しずらせばいいだけだ。

こういう部分にゼンの性格が表れている。さすがに派手に転ぶことはなくなったが、普段のゼンは少し抜けていて、可愛い。

ただし、ラビの気持ちを晴らすには不十分だった。

「じゃあ、ラビもゼンみたいになる？」

当然の疑問を、ラビは投げかけてきた。

「……わからない」

ゼンの返答も歯切れが悪くなる。ますます落ち込み、顔を膝に埋めてしまったラビに悠生は歩み寄り、頭に手をのせた。

しゃがみ込んで、くしゃくしゃと撫で回す。

「俺は、他の誰ともちがうゼンとラビが好きだけどな」

なんの解決にもならないとわかっていたが、これについてははっきりしている。ふたりのためならなんでもしたい、その気持ちに嘘はない。

「ゆっくん」

ゼンが朝っぱらから頬を紅潮させる。これ以上はラビに見せられないので、最後に一言つけ加えた。

「俺のことを『ゆっくん』って呼ぶのは、ゼンとラビだけだし」

ほんのわずかか、ラビの頭が上がった。

あと少しだ。いつもの元気なラビに戻るにはもうひと押し足りない。時間をかけるしかないか、と思い始めた矢先、

「おはよ〜」

遥大が玄関のドアを開けて入ってきた。しかもひとりではない。遥大の隣には、ラビの友だちが三人。

そのなかのひとりは、ラビと喧嘩をして「毛だらけ」と言った子、エマだった。

「お友だちがお迎えにきたみたいだよ」

遥大の言葉に促され、唇を尖らせながらも前に出たエマが右手を差し出した。

「いっしょに、いこう」

梃子でも動かないとばかりに座り込んでいたラビが、現金にもすぐさま立ち上がる。いまのいままで半べそをかいていたのに、すっかりいつもどおりだ。

「うん！　いこう。いってきます」

手を繋いだふたりの、水色の背中を見送る。園服の裾を翻して飛び出していった園児た

ちのあどけない様子に、自然に頬が緩んだ。

「子どもは元気だねえ」

遥大がコーヒーを淹れつつ、しみじみと口にする。

「そうだな」

実際、子どもはすごいとたびたびその柔軟さに感心させられる。怖々ながら、最初にラビを受け入れたのは子どもたちだった。子どもたちの姿を見て、周りの大人はしばらく様子見という形ながら黙認せざるを得なくなったのだ。

無論、そこには遥大を始め、リウトやエイカが説得に動いてくれたというのもある。そのときの恩は一生かけて返していくつもりだった。

「はい、どうぞ」

とはいえ、ひとの家で家主のごとく振る舞う遥大はどうかと思う。少しは遠慮しろよ、と内心突っ込みながらも口に出さないのは、ゼンが愉しそうだからに他ならない。

「なんだか、幸せ家族って感じ」

コーヒーを勧めてきた遥大が、自身もテーブルにつくとカップに口をつけた。

「僕としては、娘を嫁に出した父親の気分だよ」

ふふ、と遥大が笑う。

「おかげ様で」

そう返すと、ゼンも深く頷いた。

「うん。遥大のおかげで俺、幸せ」

「は？」

言いたいことは理解できる。ゼンにとって遥大は親であり兄のような存在だ。しかし、これに関しては到底看過できなかった。

「いやいやいやいや。兄貴のおかげってなんだよ」

「え」

本気で自分の発言の危うさに気づいていなかったのか、ゼンは目を瞬かせる。いい機会なので、ここではっきりさせておきたかった。

そもそも日頃から遥大とゼンは距離が近すぎる。

「わー、やきもちだ」

茶化してきた遥大を睨み、黙らせるとゼンに向き直り、自身を指さした。

「俺はゼンのなに？」

一度瞬きをしたゼンが、恥じらいながら口にする。

「ゆっくんは、家族で、ゼンのパートナー」

「ああ。だから、いま幸せなのは俺とゼンのおかげだろ？」

「あ……そっか」

「あと、ラビもな」

「うん」

ゼンの頬に触れる。

こほん、と遥大が咳払いをした。

「相変わらずラブラブだねえ」

「……ラブラブ」

小さな声でくり返したゼンの顔が、見る間に赤く染まる。

「顔洗ってくる！」

逃げるような勢いでリビングダイニングを飛び出していく姿は初々しく、可愛い。遥大もそう思ったのだろう、目を細めたあと、ふいに真顔になった。

「悠生は、もとの世界に戻りたいってまだ思ってる？」

確かに冗談めかしてするような話ではない。かといって、自分にとって重要かと言えば、すでにそれもちがう。その証拠に、いつの頃からか帰る手段について考えることがなくなった。

「いや、思ってない。まあ、失踪扱いになってるだろうし」

なにしろ兄貴という前例がある、という意味でそう答えたところ、遥大が頬を緩める。

「それは大丈夫じゃないかな。悠生、たぶん向こうじゃ死んでる」

「――え」

とはいえ、まさかこんな答えが返ってくるとは。

驚くあまり、説明を求めて遥大を見つめる。

「谷間、一本松、橋、磐座。そしておそらく、向こうでの人生の幕引きというのが最後のピース」

そう言った遥大は、しれっとしてこう続けた。

「僕もそうだったから」

なんと言うべきなのか、言葉がすぐに思いつかない。だが、心当たりはあった。あのとき、足を滑らせて厭というほど背中を打った。仮に背中のみならず頭も打ちつけたのだとすれば――。

悠生は、ひょいと肩をすくめた。

「どっちでもいいか」

たとえそれが事実だったにしても、なにかが変わるわけではない。この世界で生きていくと決めた、それこそが重要で、本心だ。

「洗ってきた」

ゼンが戻ってくる。と同時に、遥大が席を立った。

「お邪魔虫は帰ろう」

シンクにカップを置いてから、言葉どおりすぐにダイニングキッチンを出ていく。一度戻ってくると、笑顔で自身の尻を指さしこう言った。

「そういえば、ゼンの尻尾は残ったんだ」

ついさっきゼンがパンツを戻す前に見たのだろう。

「あ、うん。犬歯と尻尾と、ちょっとだけ耳」

ゼンの返答につかの間黙り込んでから、遥大はぽんと手を合わせた。

「そっか。いまの姿が、きっとゼンの自然なカタチなんだね」

ザインによってサブドロップを起こしたゼンの獣化は、一時的なものだった。遥大に経緯を話したところ、「悠生がゼンを安心させたから」ではないかと話していた。

かといってもとのように完全に人間の見た目というわけではなく、発達した犬歯と尻尾はそのまま残り、耳も多少尖っている。

遥大が言ったように、いまの見た目がゼンの自然なカタチなのだろう。

「それだけ悠生がゼンを可愛がって、サブスペースに導いてくれてるってことだね」

よけいな一言をつけ加えなければ、感動的ですらあったのに。

もっとも遥大にデリカシーを求めるのは間違いだ。好奇心旺盛な変わり者、それが遥大の自然なカタチだ。

なにせゼンがザインから聞いた自身の出自について打ち明けたときも、へえ、の一言ですませるような人間なのだ。

——ゼンが気にしてないんなら、別にいいんじゃない？

もっともこれに関しては自分にしても同じだった。重要なのはいまもこの先もゼンの笑顔を守ること。それだけは、今後も変わらないのだから。

やっと遥大が帰っていき、ゼンとふたりになる。

「ゆっくん、仕事に行く準備しなきゃ」

そう言って皿洗いを始めたゼンの傍に寄り、背後に立つと、柄にもなく緊張しつつ今朝届いたばかりの箱をゼンに見せた。

「夜まで待つつもりだったんだけど、我慢できなくて」

「……え」

顔を見なくても、ゼンの表情は想像できる。見る間に涙を浮かべて、きっとこのあと子どもみたいに泣くのだ。

直後、思ったとおりの顔を見せられ、悠生は相好を崩した。もちろん照れ隠しでもあったが、大半は愛おしさからだ。

顔じゅうを涙でぐしゃぐしゃにしているゼンに、胸が熱くなる。確かに想像していなかった暮らしだが、自分にはなにより大事だとあらためて実感した。

あの日、あの時刻に廃村を訪れたのは偶然だったけれど、ゼンとは出会うべくして出会ったのだろう。そして、その都度自分たちで選択し、手を取り合ってきたからいまの生活があるのだと思っている。

「つけていいか？」

ゼンが頷くのを待って箱から取り出したそれは、内側にふたりの名前を入れたカラーだ。最初に遥大からその話を聞いたときには、首輪かよと呆れたものだが、いまはこれがどういう意味を持つのかちゃんとわかっている。

小さな天然石のついた黒いカラーはゼンの細い首によく似合い、満足して悠生は唇を左右に引いた。

「ああ」

「ゆっくん、うれし……い」

「だ、いじに、する」

「そうだな」

ゼンが喜ぶと、自分も嬉しい。そういう感覚を味わえるのは幸運以外のなにものでもない。ゼンとラビが笑顔でいてくれればそれだけでいいという気持ちに偽りはなかった。

「あ、やばい」

もう少し浸っていたかったが、そうもいかない。そろそろタイムリミットだ。

「嘘だぁ」

別の意味で涙目になり、すがるような視線を投げかけてきたゼンに、やっぱり夜まで待つべきだったと悔やんだところで手遅れだ。こればかりはしようがない。ゼンの髪と耳を撫でてから離れ、慌ただしく作業服に着替えた悠生は玄関のドアを開けた。

「いい子で待ってろ。おあずけするぶん、おかわりは自由だ」

途端に瞳を輝かせるゼンの頰に口づけ、いってきますと手を上げる。

「いってらっしゃい。おかわり、いっぱいするよ！」

快活な声に見送られて自宅をあとにすると、一度深呼吸をして朝の空気で肺を満たしてから足を踏み出した。

自身の幸運を嚙み締めながら。

「いや、ちがうな」

間違いなく幸運だったが、重要なことは他にある。ひとを動かすのは、常にいたってシンプルな情動だ。大切にしたい、守りたい、幸せにしたい、その想いのひとつひとつが明日への道しるべになる。

肩を並べて、手を繫いで着実に進んでいく道しるべに。

それはきっと、未来への扉に繫がっているはずだ。すっかり見慣れた美しい景色を見渡した悠生は、大地に根を下ろしたような安堵と希望に心を弾ませていた。

# あとがき

こんにちは。初めまして。高岡ミズミと申します。なんと、初シャレード文庫さんです！　緊張しきりです！　異世界でＤｏｍ／Ｓｕｂユニバースと担当さんからご提案いただいてからは、緊張が二倍にも三倍にもなりました。

それにしてもＤｏｍ／Ｓｕｂって、本当に奥深いですよね。基本的なところは決まっていても、いろいろなパターンがあるんだなあと。オメガバースとは似て非なるものというのもポイントかもしれません。

せっかくの機会だからと、鼻息も荒く設定てんこ盛りにしてみたのですが、果たして——読んでくださった方が少しでも萌えを感じていただければと、いまはもう祈るばかりです。

おかげさまで長らくこの業界に身を置いてきて、新しいムーブが起きるたびに驚かされています。二十年前と十年前の流行は当然ちがっていて、最近になっても新鮮な気持ちになることがしばしば。これってすごいですよね。

今後もいろいろなことにチャレンジしていけたらいいなあと思っています。

今作でいえば、Ｄｏｍ／Ｓｕｂのみならず、半獣を書いたのも初めてになります。あと、帯刀した受キャラ！　そうは見えないのに強い受が好きです。

内容としましては（殺伐としたシーンもありますが）、初恋同士のお話なので、ライトなＤｏｍ／Ｓｕｂユニバースとして愉しんでいただけたら幸いです。

さて、そんな今作、イラストは篁ふみ先生です！　とても素敵な、可愛いカバーイラストを拝見してわくわくしています。

篁先生、お忙しいなかありがとうございます！　担当さんもいろいろとありがとうございました！　お声をかけてくださって本当に嬉しかったです。

そして、いつも読んでくださっている皆様には、言葉にはできないほど感謝しています。初めてのＤｏｍ／Ｓｕｂユニバース、お迎えいただけましたらこれ以上の喜びはありません。

高岡ミズミ

高岡ミズミ先生、篁ふみ先生へのお便り、
本作品に関するご意見、ご感想などは
〒101-8405
東京都千代田区神田三崎町2-18-11
二見書房　シャレード文庫
「異界のSubはぼっちで甘えた」係まで。

本作品は書き下ろしです


CHARADE BUNKO

異界《いかい》のSubはぼっちで甘《あま》えた

2022年8月20日　初版発行

【著者】高岡《たかおか》ミズミ

【発行所】株式会社二見書房
東京都千代田区神田三崎町2-18-11
電話　03(3515)2311［営業］
　　　03(3515)2314［編集］
振替　00170-4-2639
【印刷】株式会社 堀内印刷所
【製本】株式会社 村上製本所

落丁・乱丁本はお取り替えいたします。
定価は、カバーに表示してあります。




ISBN978-4-576-22108-3

https://charade.futami.co.jp/

CHARADE BUNKO

今すぐ読みたいラブがある!

## 葵居ゆゆの本

ねえ瑛介さん。俺の王様になって

# 僕は王様おまえは下僕

イラスト＝一夜人見

瑛介は赴任先のフランスで出会ったモデルで俳優の町谷花南と再会する。ニュートラルが相手ならと彼と一夜を過ごすが花南は実はＤｏｍ。瑛介は初めてＳｕｂの官能を経験してしまう。年下Ｄｏｍの奉仕志願ともいえる求愛に、甘い葛藤が瑛介を責め立て…。Ｄｏｍが尽くしたいＤｏｍ／Ｓｕｂユニバース。